No. 24

文化組織

H.N

主張

神、惡魔、人間、動物

アフリカの土人で、ロバアゴラといふ大へん變つた人物が、「野蠻人の自傳」といふ書物を書いてゐる。それによると、ライオンが百獸の王であるのは、鬣があつて、風采が良いからださうである。攻擊力の一番激しいのは豹であつて、　　　になつたときは死んだときである。一匹同志の鬪爭なら、ライオンも豹を避けるさうである。

一番面白いのは、彼等獸類が如何に人間を憎んでゐるかといふことである。彼等は人間に向つては共同戰線を張る。人間を殺したことのある獸は、彼等の間で最大の名譽とされてゐるさうだ。人は、高い木に登つてライオンの難を避けたと思へば間違ひである　何處からか象を連れてきて、木を根つこから引つこ拔かせてしまふ。即ち、彼等は敵が人間である場合には、日頃の恩讐を忘れて協力する。

動物は、人間のなかに、何か「不正」なるものを發見するのであらう。それは人間が、敵し難いほどに鬪爭のあらゆる手段をもつてゐるといふことからばかりではないであらう。なにか、そこには、許し難きものがあるのだ。私は、ニュース映畫などを見てゐて、危機に曝された人間の名狀し難い姿を、腦裏に刻まれることがある。そこには、强弱の範疇に屬さない、意味深刻なる表現がある。彼は敵とも戰つてゐるが、「正」「不正」とも戰つてゐるやうなのである。

人間と雖も、動物の一種である。ただ、ライオンの鬣よりも、もつと巧みな仕掛がどこかにくついてゐるのではなからうか。象の生命が、彼が踏んだ草の數と等量であるとするなら、人間の魂といふやつは、とても大きな負債を地球に負つてゐる。憎愛の極限は、ミステリーだ。惡魔と神とが跳梁する。タブー！　ジャングルの夜に、悲しき種の存續が營まれるやうに、世界は、强弱のレベルを、上へ上へと押し上げてゆく。そこに許し難きものは何であるか？　神、惡魔、人間、動物、四つ巴の角逐から何が生れるのであらうか？

人間の强弱が、動物のそれと違ふやうに、神の强弱も、惡魔の强弱も、それぞれ趣きを異にするであらう。適し難きほどの奴が四方八方にゐる。お互に苦手だ。そこで和解が必要になる、もつとも有利な和解、こゝには竹を割つたやうな朗な話は存在しない。各々古巢に歸り、時の齒車を待つ。さうだ、時を支配する奴が天下を取る。ロバアゴラといふ男が主張してゐる一夫多妻說も、時を支配せんがためであらう。だが、彼の一枚の裸の寫眞を眺めてゐると、この男がこのやうに手の込んだ鬪爭を背負つて、横文字のペンを走らせてゐるとは思へない。そこには、ただ物質が、世界の眞中で、代へることの出來ない構成を遂げてゐるだけだ。

「正」「不正」それは果して幻想であらうか？　神は、その思考の圓を突き拔けて、威あつて猛けからず、大鉈を振ふ。

（中野秀人）

球面三角

花田清輝

ルネッサンスといふ言葉が、語源的には、フランス語の'renaitre'からきてをり、「再生」を意味するといふことは、周知のとほりだ。したがつて、我々は、ルネッサンスを、つねに生との關聯において考へるやうに習慣づけられてをり、この言葉とともに、中世の闇のなかから浮びあがつてきた、明るい、生命にみちあふれた一世界の姿を心に描く。しかし再生が再生であるかぎり、必然にそれは死を通過してゐる筈であり、ルネッサンスの正體を把握するためには、我々は、これを死との關聯において、もう一度見なほしてみる必要があるのではなからうか。ギリシア的なものの復興は、かういふ手つづきを經て、はじめて了解されるのではあるまいか。ルネッサンスの偉人たちの殘したさまざまな業績は、はたし

て生の觀念のみによつて支へられた、かれらの悠々たる心境の產物であつたであらうか。

　ルネッサンスは、私に、海鞘の一種であるクラヴエリナといふ小さな動物を聯想させる。この動物を水盤のなかにいれ數日の間、水をかへないで、そのままほつてをくと、不思議なことに、それは次第次第にちぢかみはじめる。さうして、やがてそれのもつすべての複雜な器官は段々簡單なものになり、つひに完全な胚子的狀態に達してしまふ。殘つてゐるのは、小さな、白い、不透明な球狀のものだけであり、そのなかでは、あらゆる生の徵候が消え去り、心臟の鼓動すらとまつてゐる。クラヴエリナは死んだのだ。すくなくとも死んでしまつたやうにみえる。ところが、ここで水をかへると、奇妙なことに、この白い球狀をした殘骸が、徐々に展開しはじめ、漸次透明になり、構造が複雜化し、最後には、ふたたび以前の健康なクラヴエリナの狀態に戾つてしまふ。再生は、死とともにはじまり、結末から發端にむかつて歸ることによつてをはる。注目すべき點は、死が、――小さな、白い、不透明な球狀をした死が、自らのうちに、生を展開するに足る組織的な力を、默々とひそめてゐたといふことだ。

　それは、ルネッサンスの中世から古代への復歸の過程において、死の觀念の演じたであらう重要な役割を思はせる。當時における人間は、誰も彼も、多かれ少なかれ、かれらがどん詰りの狀態に達してしまつたことを知つてゐたのではないのか。果《はて》までできたのだ。すべてが地ひびきをたてて崩壞する。明るい未來といふものは考へられない。ただ自滅あるのみだ。にも拘らず、かれらはなほ存在しつづけてゐるのである。ここにおいて、かれらはクラヴエリナのやうに再生する。再生せざるを得ない。人間的であると同時に非人間的な、あの厖大なかれらの仕事の堆積は、すでに生きることをやめた人間の、やむにやまれぬ死からの反擊ではなかつたか。おそらくルネッサンスにたいするかういふ見方は、あまりにもペシミスチックであるであらう。おそらく人々は、そこに、私の死にたいする理由のない愛を見いだすでもあらう。しかしペーターの描きだしたやうなルネッサンスは、――さうして、その後、いつぱんに流布するにいたつた、人間的な、あまりにも人間的なルネッサンスの影像は、たうてい私には信じがたい。それは生ぬるい牛乳のやうな感じがする。ところでほんたうのルネッサンスは、火をつけると、めらめらと青い焔をたてて燃えあがる、强烈な酒のやうなものであつたのだ。轉形期のもつ性格は無慈悲であり、必死の抵抗以外に再生の道はないのだ。ペーターのみたのは、再生してしまつた健康なクラヴエリナの姿であつた。しかるに、ルネッサンスにおいて私の問題にしたいのは、結果ではなく、過程である。クラヴエリナの正體のうかがはれるのは、その死から生へのすさまじい逆行の過程においてであつた。

死が、みのりゆたかな收穫をもたらすであらうといふやうな考へ方は、むろん、いささかも新奇なものではない。「一粒の麥もし地に落ちて死なずば、唯一つにてあらん、もし死なば多くの實を結ぶべし。」である。殊に東洋においては、この種の箴言が、枚擧するに暇のないほど氾濫してゐる。しかし、さういふもののなかには、死から生への展開過程を、――再生そのものの構造を、論理的に分析しようと試みたものといつては、まつたく見あたらず、單に死の觀念のもつ生産性を强調するにすぎないものばかりだ。展開のをはつたところの發端だけをペーターはみたが、こちらは展開にさきだつ結末だけを、いつまでも眺めてをり、いづれも再生の逆行的過程については、敢へて觸れようとはしない。したがつて、一方が生に、他方が死に注目し、一見、兩者は對立的な立場にたつもののやうであるが、問題の本質を避けてとほつてゐる點では、實は同じだと思ふのだ。はたして死は、どのやうな仕方で、生を組織的に展開していくのであらうか。死の秘密を探究しようとする、あらゆる企ては、およそ我々人間の力にあまることであり、かならず失敗にをはるものなのであらうか。我々も亦、動物のやうに、死について感じることはできても、考へることは許されないのであらうか。

死が、――球狀をした死が、うちに無限の秘密をたたへながら、私の眼前にあらはれる。この球狀をしたものの、結末から發端への運動が問題なのだ。それは私に宇宙を思はせる。月、星、太陽、――すべてそれらの球狀をしたものの、生誕について、終焉について、さらに又、その再生について。おそらくは妄想だ。しかし、死に關するさまざまな考察が、ともすると、あまりにも人間臭をはなちすぎ、考察といふよりも、むしろ、感動を語るもののやうにみえるとき、宇宙の死を、さうして、その死から生への逆行を考察の對象に擇べば、なにか非情のうつくしさにかがやく、嚴密な法則がたてられさうな氣もする。とはいへ、はたして宇宙は再生するであらうか。結末から發端にむかつて復歸するであらうか。ここにおいて、私は「ユリイカ」を思ひだす。ボオによれば、宇宙は、まさしく逆行するのだ。さうして、その逆行の法則こそ、重力の法則にほかならなかつた。

　この宇宙論が、そのすこぶる荒唐無稽な外貌にも拘らず、案外、尋常な力學的自然觀によつてつらぬかれてをり、しかも、この力學的自然觀の凋落してしまつた現在、なほ毅然たる趣を示し、ヴァレリイのいふやうに、ボルツマンの思想、カルノーの研究、アインシュタインの理論を髣髴させる所以のものは、むろん、ボオが物理學に通曉してゐたためではなく、藝術家として、つねに小宇宙《マイクロコズム》の創造の原理を追究してゐたためであり、そこからくる堂々たる自信が、かれをして、淀みなく、大宇宙《マクロコズム》を語つて、あやまらしめなかつたのだと私は考へる。「ユリイカ」の底には、かれの「構成の哲學」があつたのであり、それは、結末から發端にむかつて逆行するといふ、かれ一流の詩法によつて基礎づけられてゐたのだ。では、どうして重力の法則が、この逆行の法則なのであらうか。ここにボオ自身の「ユリイカ」に關するノートがある。

「一般命題。既往において何ものも存在しなかつたが故に、現在、萬物が存在する。

(1)重力現象の普遍性――すなはち、各微粒子が共通の一點に牽引されるのでなしに、他の一切の微粒子と牽引しあふといふ事實は、この現象の根源が絕對單一なる完全な綜體なることを暗示する。

(2)重力とは、太初の單一に復歸しようとする萬物の性向が顯示されてゐる樣式にすぎない。

(3)復歸の法則——すなはち、重力法則は、有限の空間に物質を均等に放射せしめる必然にして唯一の可能な樣式の、不可避の結果にほかならない。

(4)星の宇宙(空間の宇宙と區別して)が無限であるとすれば、世界なるものは在り得ぬ筈である。

(5)單一とは虛無なることを示すこと。

(6)單一より跳現した萬物は虛無より跳現したのだ、——すなはち、創造されたのだ。

(7)萬物は單一に復歸するであらう、——すなはち、無に歸るであらう。」

この簡單な骨組みから、「ユリイカ」の複雜な建築は想像すべくもないが、重力の活動樣式にたいするポオの影像の、ほぼいかなるものであつたかはうかがふことができよう。東洋人ならば、すべては無より出て無に歸ると悟達し、——つまり、さきに私のいつたやうに、結末だけに眺めいつて能事畢れりとするところだが、ポオにとつては、それはあまりにも安易な道であり、盤根錯節するその運動の構造を、どこまでも追究してみないわけにはいかなかつた。すべてが理詰めなのだ。したがつて、「ユリイカ」を支へてゐるものは、まさしく「構成の哲學」にちがひないが、立場をかへてみるならばポオ自身は、物理學にたいしても、文學にたいしても、適用のできる唯一の法則を、——あらゆるものをつらぬいて整然と運動するロゴスそれ自體の姿を、執拗に思ひ描かうとつとめてゐるかのやうだ。さまざまな對立する體系を調和し、そこから唯一の體系をみちびきださうと試みてゐるかのやうだ。

これこそ、ルネッサンス期における「普遍人」の態度である。かれらは、うち見たところ、いかにも理知的であり、自己の萬能を信じ、逞しい生活力をもち、八方に手をのばし、希望にみちた視線を明るい未來にむかつてそそいでゐるかのやうにみえる。私は、さういふかれらの見掛けに疑問をもつたが、「ユリイカ」を書いたポオは、或ひはポオの書いた「ユリイカ」は、私の疑問の正しかつたことを、はつきりと確證するもののやうだ。かれも亦、かれらと同様、厖大な知的野望をいだいてゐる。しかし、かれは、常時すでに失ふべき何ものも持つてゐない、哀れな存在であつたのだ。さうして、「ユリイカ」は、絶えず虚無を眼に浮べ、結末から發端にむかつてさかのぼり、ふたたび虚無に歸る以外に、再生の道のないことを知つてゐた、かれ自身について詳細に物語る。あのやうに不幸でありながら、なほ精密な分析を試みることのできたかれに人々は驚くが、不幸であればこそ、理知は強靱にもなるのである。死の觀念は、人間にたいして、事物の本來の在り方のいかなるものであるかを教へる。絶望だけが我々を論理的にする。危機にのぞみ、必然に我々は現實にむかつて接近せざるを得なくなり、これまでみえなかつたものが、ありありとみえてくる。動物から遠ざかつてゐればゐるほど我々は沈着にもなる。「鳥のまさに死なんとする、その鳴くや悲しく、人のまさに死なんとする、その言や善し。」である。ここに、おそらくルネッサンス期における「普遍人」の、さうして又、「ユリイカ」の著者の、冴え返る心境の源泉を求むべきであらう。かれらが皆、クラヴェリナのやうに、死の觀念のもつ組織的な力を所有してゐたことに、疑問の餘地はないのだ。

　ところで、我々の問題は、再生のばあひ、どのやうな仕方で、この組織的な力が發揮されるか、といふことであつた。したがつて、結末から發端への復歸の法則、——すなはち、重力の法則について、私は述べるべきであつた。しかし、はたして、その必要があるであらうか。自然界の物體は、互ひに、その二つの物體の質量の相乘積に比例し、且つその距離の平方に逆比例する力を以つて相ひ牽引する、といふ萬有引力の法則は、すでに今日では、常識の領域に屬する。のみならず、——

のみならず、この法則によつて、ケプレルの法則のあらはす天體運動が說明せられ、さらに、あらゆる自然現象が、この法則によつて解決されるであらうと豫想された時代はすでに過ぎ、現在では、かつてこの法則の占めてゐた位置を、相對性理論が奪つてしまつてゐることは、これ又、周知の事實に屬する。それ故に、もしも私にボオほどの知的野心があるならば、當然、單純な重力の法則についてではなく、この重力の法則の、ヨリ精密化された形である、相對性理論について語るべきであらう。ここにG・ウイルソンによるアインシュタインの原理に關するノートがある。

「アインシュタインの理論は、次のやうな數箇の假定をたててゐる。

(1)時間と距離とは相對的であつて、運動に依存する。

(2)「空間＝時間」は恆常《コンスタント》であつて、すべての正確な計算には、必要缺くべからざるものだ。

(3)「空間＝時間」は有限であつて、曲つてゐる。

(4)光線はジオデシック、すなはち、宇宙の大圓を辿り、十億年の後にはその出發點に歸る。

(5)惑星は、「空間＝時間」の彎曲に起因して、太陽の周圍にジオデシックを描いて運行し、その軌道は最小抵抗線である。

その曲率半徑は、天體の質量の如何によつて定まる。

(6)太陽は惑星に直接的な力は及ぼさない。惑星の運行は、その行程中に存在する山と谷とに起因してゐる。

(7)物體の質量は、その速度に應じて增大する。いかなる物體も、光の速度と等しくなることはできない。もしさうなればその質量が無限になるから。かういふ質量の增大は實驗的に證明されてゐて、この理論とまつたく一致することを示してゐる。」

この摘要は、若干簡潔にすぎる怨みはあるが、まづアインシュタインの學說の大部分を網羅してゐるといひ得よう。これだけ理解してゐれば、相對性理論を語るのに、不自由はしない。しかし、おそらく、いささか註釋の必要があるであらう。アインシュタインは、四次元空間、すなはち、空間＝時間連續體系は、質量によつて歪みをうけると考へ、その歪みを以つて、萬有引力に代へたのだ。この歪みに基く空間の曲率は、その質量に比例する。すなはち、質量ある物體の存在のために空間は曲つてゐるのである。この曲つた空間を、質量ある物體は、最短距離を結ぶ線、すなはちジオデシックに沿つて運動するとした。かくしてアイン・シュタインは、萬有引力から力を抹殺したのだ。もしも宇宙に天體のやうな質量ある物體が存在しなければ、空間は曲らず、直線的に無限に擴がる。しかるに、事實はさうでなくて、空間は曲つてゐる。したがつて、有限の形となり、光が、ふたたびその出發點に戻るやうなことにもなるのだ。さらに立ちいつて、數學的に解說するならば、――いや、註釋は、この程度にとどめて置かう。リラダンが、「未來のイヴ」でいつてゐるやうに、殊に數學的な註釋は、讀者をうるさがらせるばかりである。

　ともあれ、相對性理論によつて、我々は、結末から發端への復歸運動が、圓を描くことを知ることができる。結末の向う側には虛無があり、發端のこちら側にも虛無があるのだ。このやうな圓運動とは、いつたい、なんであらうか。斷るまでもない。いかに反擊の姿勢をとらうとも、それは統一のための運動であり、「ユリイカ」におけるポオの用語をつかふならば、首尾一貫《コンシステンシイ》のための運動である。ルネッサンスの運動とは、かういふものであつたのであり、この運動の擔ひ手であつた「普遍人」たちは、やつぱりポオのやうに、絕えずこの首尾一貫といふ言葉を、念頭に浮べてゐたにちがひないのだ。この言葉の意味について、いま少しアインシュタインに聞かう。

　ここに太陽と地球とがある。いづれも動いてゐる。したがつて、ここで觀測される運動は、いふまでもなく相對的なものだ。運動を記述することは、座標系を地球に結びつけようと、太陽に結びつけようと、どちらにしても可能である。では、座標系を地球から太陽に移した、ルネッサンス期における「普遍人」のひとり、コッペルニクスの業績の意味はどこにあるであらうか。運動は相對的であり、さうして、どんな基準座標系を用ひても差支へないのだから、一つの座標系が他のものより都合がいいといふ理由はないやうに思はれる。しかし、物理學的な見地に立つとき、さういふ疑問の根據のないことが直ちにわからう。すなはち、太陽に結びつけられた座標系は、地球に結びつけられたものよりも、むしろ慣性系らしくみえ、矛盾撞着《インコンシステンシイ》なしに、惑星の運動を記述することができるからだ。コッペルニクスの偉大さは、首尾一貫への肉薄にかれの生涯を賭けたことにあつた。

ニュートンにいたつて、コッペルニクスの意圖した首尾一貫が、はじめて實現されたかにみえた。しかし、かれの發見にかかる惰性の原理は、「この原理が成り立つならば、その際に座標系は靜止してゐるか、又は一様に運動してゐるのであり、もし成り立たないならば、物體は一様でない運動をしてゐるのである。」といふ約束を必要とした。したがつて、この約束の範圍内でのみ首尾一貫は獲得されたのであり、物理的法則は、單に惰性系と稱せられる特殊な種類の座標系にたいしてのみ成り立つにすぎなかつた。

はたして、かういふ約束の範圍から出て、物理的法則を、あらゆる座標系にたいして、——すなはち、單に一様に動いてゐるものばかりにたいしてではなく、互ひに相對的に、まつたく勝手に動いてゐるものにたいしても成り立つやうにすることが可能であらうか。これが、アインシュタインのいだいた夢想であつた。もしもかういふ雜《まぢ》り氣のない首尾一貫が實現されたら、いつたい、どういふことになるのであらう。そのときには、惰性系のみならず、あらゆる座標系にたいして、自然法則を適用することができるやうになるのだ。ルネッサンス期におけるプトレマイオスの見解と、コッペルニクスの見解との熾烈な對立も、ここではまつたく無意味になつてしまふ。つまり、どちらの座標系を用ひても、すこしも差支へないからだ。「太陽は靜止し、地球は動いてゐる。」といつても、又は、「太陽は動き、地球は靜止してゐる。」といつても、それは單に二つの異つた座標系に關して、便宜上、異なる言ひあらはし方をしてゐるにすぎないからだ。かうして、一般相對性理論がみちびき出された。結末から發端にむかつて、決然と、アインシュタインは逆行していつたのである。

すべてが理詰めだ。論理の追及だ。何よりも首尾一貫だ。アインシュタインにしろ、ポオにしろ、コッペル＝クスにしろ、皆、さうだ。すでに非人間的な、これらの人間のひそかにいとなむ内面的作業のはげしさは、私に、かれらの覘き込む深淵のふかさを測らせる。精緻な論理の展開は、かれらの經驗したであらう絶望の味氣なさを思はせる。さうして、反撃のすまじさは、かれらのうちに根をはつてゐる、調和への意志の抜きがたさを信じさせる。ルネッサンス以來、音高くながれてゐる合理主義的傳統の背後に、私は、死の觀念の粘り強い組織力をみるのだ。死は、——球狀をした死は、結末から發端にむかつて、圓を描きながら、絶えず運動してゐる。

鷺

小野十三郎

街近くの
溜池の
小さな島に
冬を越す蒼鷺の群がきた。
前年に倍する大群となつた飛來した。
燻んだ松や
わづかに紅葉した木々の葉がくれに

眼のふちの禿げた鳥たちは
じつと身動きもせずとまつてゐる。
凡そ何百羽ゐるか見當もつかない。
ただもう溫かさうな　暗い
大きな充實した質量だ。
やがて南面の枝々も葉をおとす。
木といふ木は悉く枯れ
島は霧氷のやうな鳥糞をあびて眞白になる。
どこからやつてくるのか。
今年もまた鷺の群がきた。
夕暮の池は
水が湧いて
溢れるばかりだ。

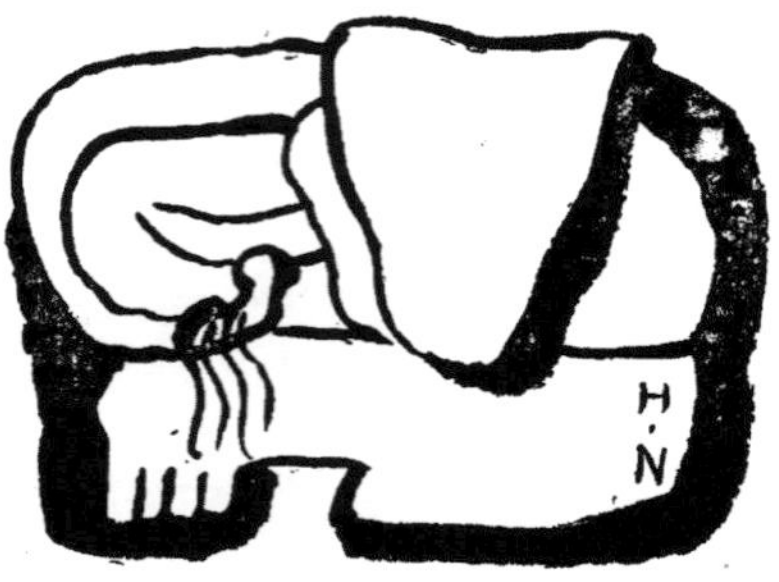

愛の散文詩

高橋丈雄

かたばみの花

かたばみは夕暮を感じることが誰よりも早い。

かなかな蟬が日暮を告げにやつてくるよりはもつとづゝと早くに、かたばみはそのうすもゝいろの花びらを閉ぢてしまふ。

空はまだあさぎ色に明るく光つてゐるのに、そして乙女達や子供達の優しい瞳がまだたそがれの色に濡れもせぬうちに、
かたばみはその花びらを静かに閉ぢて寝てしまつた。

小人の持つ巻物のやうにきちんと巻いて、やさしい花は眠つてしまつた。

かたばみは夏、冷たい水つぽい地面から咲き出る。

それは地面の片隅をえらんで咲く。葉も、花も、孤獨な草だ。

かたばみがあのやうにむらがり咲くのは、一本一本淋しいせゐだと私は思ふ。

かたばみの葉や花を拔いてみればわかる。

かたばみの心はすなほゆゑ地面にはもう執着がない。

それは折れもせず、切れもせず、幼な兒にもやさしく拔きとられる。

拔いてみればその孤獨なことが判る。

それらの葉も花もおたがひに根でつながることなく、一本一本みな獨立してはえてゐる。

それは白く細く、たゞ一莖、毛根などは微塵もはやさぬすつきりした根だ。

根といふよりも莖が次第に細くなり、綠の色が小豆色に變り、またそれが透きとほつた純白色になつて、その末端が乙女の胸の留針のやうに光つてゐるだけなのだ。

乙女よ、私は思ひ出す。私たちが語り合つたあの小川のほとりを。

おまへの日傘はおまへの着物を明るくし、また私の身體を明るくした。

私は自分のてのひらの上に護謨輪を置き、一枚のかたばみの葉をきちんとその中にいれ、さうして私は言つた。

これは僕の家の紋であると。

小川は日の光と戯れ、おまへの着物は私の魂を明るくした。

乙女よ、おまへは薄く透きとほつた着物の袖をひろげ、そのまんなかにかたばみの葉をあてがつてみせて、靜かにほゝゑんだ。

乙女よ、私は思ふ。

私は護謨輪を指輪のつもりにして、たはむれにおまへの指にはめてやることができたであらうに。

私は悔いる。

無口だつた私の心を悔いる。

私は小川の呟きよりも、風にそよぐ木の葉の歌よりも、もつとよくおまへの心の囁きが聞えてゐたのに。

私はもの言はず、沈默ばかり愛してゐた。

私は思つてゐた。

人生は長く、戀はまだ幾たびとなく自分を訪れるであらうと。

けれども人は一生に數へるほどしか戀することも、戀されることもありはしないのだ。

それだのに私たちの若さは草花を捲ぎつて棄てるやうに、その大切なものを、ほんのちよつとした挿話として、路ばたの小川へ流してしまふのだ。

乙女よ、私はおまへを不幸にさせまいと老成ぶつたことを口にした。

私は、遠いメキシコの見知らぬ男のところへお嫁にやられるおまへを、どう慰さめてよいか判らなかつた。

乙女よ、おまへの涙は私の膝をぬらした。

私は膝の上に溫いおまへの涙を感じながら、途方に暮れてゐた。

おまへの情熱も私の情熱も、內に火のやうに燃えてゐて、外にその焔を見せなかつた。

私は悔いる。あやまちのなかつたあの日の夜を悔いる。

乙女よ、おまへはメキシコから書いてよこした。

あたしがお嫁に参りましたところは、メキシコの山の中の雑貨屋さんで、この村には日本人は他に一人もゐません。

あたしは毎朝、夜が明けると、谷を下り、水を汲みに参ります。

その徑は丁度コゼットが水汲みに下りた谷間の小徑にそつくりです、と。

それは空色の厚い紙に子供の字のやうな力こめた字で書いてあつた。

封筒の上には、珍しい綠色の切手が三枚貼つてあつた。

おまへは今でも毎朝その谷間の淸い水を汲みに行くか。

あゝもうその時から十二年も經つてゐるのだ。

おまへにはもうコゼットぐらゐの可愛らしい女の子があつて、今ではその少女が水瓶をさげて谷へ下りて行くのかも知れない。

その谷間の綠の木蔭では、どのやうな花が咲くのであらう。

夏の日ざかりに、おまへは可憐な日本のかたばみの花を思ひ出すことがあるか。

私は、今年六つの女の子のお父うさんだ。

子の名前は胡桃。

胡桃子はやさしいよい子。日曜日にかたばみの花を摘んで來て、父うさんにくれた。

父うさんは子に敎はり、その花のたくさんはえてゐるといふよその家の垣根の蔭へ連れて行つてもらつた。

一株シャベルで掘つて持ち歸り、植木鉢に植えた。

机の上に置いて毎日眺めるもりだつた。

私は忘れてゐた。かたばみの花のお寢坊さんだつたことを。

社に出がけにはまだ卷物をひらかなかつた。

社から歸つてくるともう葉まで三角に尖らせて寢てゐた。

それ故、毎夜机の上で、つまらなく眠つてしまつたかたばみの花を眺めて私は暮した。

私は遠い日の小川のほとりの蜜蜂の唸りを耳にした。

過ぎし日の乙女よ。

今でも私は沈默ばかり愛してゐる。

乙女よ私は思ふ

乙女よ、私は思つてゐるのだ。綠に濡れた柔い羊齒の上を私達が跣足で駈け廻つてゐた遠い時代のことを。

乙女よ、その頃森中の、木の枝といふ木の枝が、おまへの身輕な體を抱き留めようと待ちかまへてゐた。

おまへは高い梢の上で小鳥のやうにあどけない首をかしげた。

おまへの手窪のあるふつくらした悪戯好きのその手には、一つ大きな赤い木の實を持たせることにしよう。

さうしておまへをかこまつてゐる大きな樹の下へ、裸の私が通りかゝることにする。

悪戯好きなおまへの手は、私の分厚な胸にその木の實を投げつけずにゐられなくなるだらう。

おまへは少しも躊躇しない。なぜと言つて男の固いひきしまつた肉體の中には、かへつてやはらかな思ひやり深い魂がはいつてゐることを知つてゐるから。

私の胸でくだものは甘くくだけ、私の胸にけだものゝ血が躍るであらう。

私は鹿を追ふことを忘れて夢中でおまへを追ひかけるであらう。

樹から樹をつたつておまへは逃げるであらう。

鈴のやうな笑ひ聲をころばせながらおまへは逃げる。

清らかな泉のほとりで私はおまへを追ひつめるであらう。

この時私たちはお互に呼吸《いき》がきれてしまつてものが言へない。さうして、眞面目な顔と顔をぢつと見交す。

乙女よ、泉のほとりでおまへのやさしい乳房は百合よりも白い。

乙女よ、太腿のやうにふとい私の腕は、おまへのやさしい腰を輕々と抱いてしまふであらう。

ほど經て、夢見がちなあざみの花は、空中に描かれた優美な曲線を見るであらう。

噂好きの小鳥は、青草の波の上に泳ぐものゝ姿を告げに、お隣りの森の方へ飛んでゆくであらう。

乙女よ、おまへは私たちの唇が離れた時、その瞳に靜かなよろこびの涙を湛へるであらう。

私は望む。せがまれておまへは歌ふ、やさしい愛の歌を。

私は踊る。弓矢を振り廻し豪壯な踊りを踊る。

花たちは私たち二人を神と崇める。

私たちの生活は森の中で神聖な裸體だ。

鳥たちは私達を眞似て囀き交し、獸たちは私たちを眞似て戯れ合ふ。――

乙女よ、今、私たちはいかばかり眞實から遠い世界に追ひやられてしまつたことか。

乙女よ、おまへの髮の毛は、森の中の神秘な花を手折つて挿すにふさはしいのだが。

乙女よ、おまへは素足で、素肌で、金貨のやうに圓い陽がすべり落ちて來る森の中を走り歩くことが今では許されない。

おまへは白い小さな靴をはき、夕方の省線の人ごみの中でもまれてゐる。

おまへはうす紫に鼠色の模樣のはいつた可憐な服をまとひ、人々に押されながら手提といつしよに一冊の本を大切さうにかゝへてゐる。

乙女よ、それは流行の小說本であらう。その中には戀愛に就いて、また戰爭に就いて、嘘ばかり書いてある。

乙女よ、おまへは菫色のその美しい瞳で何を考へてゐるのか。

たぶんおまへを激しい言葉で詰責した解らずやの男の社員のことを考へてゐるのだらう。

乙女よ、おまへの生活はきびしく辛い。

おまへは今若さに溢れてゐるけれど、理想を持つたおまへはやがて空しく婚期を過してしまふであらう。

乙女よ、この暑さの中でおまへの疲れた體は人に押されて斜になり、そんなにも苦しさうなのに、その前に腰をおろした强健な男子はおまへに席をゆづらうともしないのだ。

そして平然と腰をかけてゐるその男子はこの私なのだ。

それは悲しいことだ。

近代の生活は、私の膝とおまへの膝とが溫みを取交してゐても、心はそつぽを向くやうに仕組まれてゐるのだ。

私たちは歌はない。踊らない。祈りを知らない。

太陽に向つて祈ることを知らない。

乙女よ、かくも私は眞實から遠ざけられた自分達の身の上を思つて、心に涙を感じてゐるのだが。

おまへの髮の毛に太陽の香りがせず、おまへの唇に草の香のせぬことを悲しむのだが。

それでも風は時たま人々の間を流れて來て、おまへの髮の毛を震はせ、おまへの服をわなゝかせる。

レェルモントフの手帖

倉橋顕吉譯

1

（一八三〇年。）一八二八年に僕が詩を書き毆り始めた頃いはば本能のまゝに僕は撰び且つ書いた。それらは今でも僕の手許に殘つて居る。今、僕はバイロン傳を讀み、彼も亦僕と同じことをやつて居るのを知つた。この類似は僕を驚かせる。

今日、僕の魂の音樂は全くの亂調子に陷つて居る。ヴァイオリン、フォルテピアノ、そのいづれからも、僕は、僕の聽覺を苦しめない樣な、唯一つの音もひき出すことが出來ないのだ。

自然は火花の散亂する爐に似て居る。自然は人間を創り出す——時に賢明で、時に馬鹿、あるひは有名、又無名の人間どもを——。爐から火花が散る。一は大きく、一は暗く、あるひは瞬時にして消え、あるひは暫くの間燃えてつづく、併しいづれにしてもかれらは燃え盡き、あとかたもなく消え去つて終ふ。そして爐の中に火のある限りでは、同じ様に火花がつづき、あとかたもなく消える。それから一山の灰が掻き出され、棄てられる、我々とても同斷だ。

日記。一八三〇年。七月八日、夜。十歳にして戀を知つたと云へば、ひとは僕の言を信じないだらう。コウカサスの溫泉宿で、僕等は大家族で暮らして居た。祖母、伯母、從姉妹《いとこ》たち。いとこたちのところへ、九歳になる娘を連れた婦人がやつて來た。僕はそこで彼女をみたのだ。彼女が美しかつたかどうか思ひ出せないが、彼女のイメーヂは今も尙僕の腦裡に藏はれて居る。それは僕にとつては愛すべきものだ。何故かは知らない。僕は思ひ出す、あるとき、僕は部屋に馳け込んで行つた。彼女はそこに居て、いとこたちと人形遊びの最中だつた。僕の胸はどきどきし、脚はすくんだ。そのころ、まだ僕には明瞭な觀念とてはひとつもなかつたが、ともあれ、それは小供つぽいとは云へ、烈しい情慾であり、眞實の戀だつたのだ。以來、僕はあの樣に人を戀したことがない。あゝ、情慾の最初の不安の、あの瞬間こそは、死に到るまで僕の理性を苛むにちがひない。それは餘りに早かつた！　人々は僕の顏に動搖を認めて、笑ひ草にし、からかつて止まなかつた。僕は理由もなく靜かに泣いた。僕は彼女をみたかつた。併し彼女がやつて來ると、僕は恥しく、部屋に入らうともしなかつた。僕は彼女のことを口にもせず、彼女の名をきくと逃げ出したものだ。（今はもうその名も忘れて居る。）まるで心臟の鼓動や聲の顫へが、僕自身にも判らぬ秘密を他人に語るのを恐れるかの樣に。僕は彼女が何者で、何處から來たのかも知らない。そして今では、そのことを人に訊ねるのも僕には何となく氣まづい。恐らく、ひとは自ら記憶を失つた頃になつて、僕に想ひ出を問ふだらうが、僕の物語を聞いて誰がそれをうはごとだと考へないであらうか、彼女の實在を信ずるであらうか。――すべてこんなことは僕にとつて苦痛であるにちがひない。ブロンドの髮、いきいきした鳩色の瞳、こだわりのない態度――否、あの時以來、僕はそれに似たものをひとつとして見なかつた――或はそれは、あの時ほど烈しく人を戀したことがないからかも知れない。――コウカサスの山々は僕にとつて神聖なものだ……。そんなにも早く！　十歲にして！　あゝ、この謎、この失はれたる天國、それらは死に到るまで僕の理性を苛むにちがひない。時として、僕はおかしくなる――僕はかかる情慾を嘲笑しやうとする、併し、涙の方が――もつと頻繁に僕にやつて來る。情慾の早いあらはれは優雅な藝術を愛する魂を示すものだと云はれる（バイロン）。その樣な魂には多くの音樂があると僕は思ふ。

（一八三〇年。）三歲の頃、僕を泣かせた唄があつた。今それを思ひ出すことは出來ないが、若し又それを耳にしたならば、あの時と同じい影響を僕は受けるだらうと思ふ。今は亡き母が僕に歌つて呉れたのだ。

（一八三〇年。）八歲の頃のある夢を僕は憶えて居る。それはひどく僕の心に作用したものだ。丁度その時分に一度僕は雷鳴のなかを何處かへ行つたことがあつた。黑いマントをひきちぎつた樣な小さい雲がひどい勢ひで空を走つて居たのを僕は思ひ出す。それは、まるでたつた今みた樣にあざやかに僕の目にある。

もつと小さい頃、月や、嫉妬と不安で胸を一杯にしてアルミーダを彼女の城へ伴ふてゆく騎士さながら、兜をかむつた騎士の姿をして月のまはりにひしめいて居る樣々の形の雲などを見るのが僕は好きであつた。僕の戯曲の第一幕でフェルナンドオがバルコンの下で戀人と語り乍ら、月に就て、さきに書いた騎士の形容を使ふ。（戯曲『いすぱにや人《びと》』に於けるモノロオグ「靜かなる月をみよ」參照）

（一八三〇年。）（僕はいま十五歳だ。）ある時（三年前の事）その頃僕が絶望的に愛して居た十七歳になるある少女の許から、青いガラス玉の紐につないだのを僕は盜んだ。それは今でも僕の手許にある。――少女の名を知りたいと思ふ人は僕の從妹に訊ねるがいゝ。僕は何と馬鹿であつたことか。

（一八三〇年。）我國の文學は、僕がそこから恩惠らしきものを何一つ得られぬくらゐ、貧弱だ。十五歳の人間の頭は、幼兒の樣に急速には諸種の印象を受け入れない、そして當時僕は殆んど何も讀んで居なかつたのだ。併し乍ら、人民の詩に就て云へば、わがロシヤの民謠以上に得るところの多いものは確かに何處にもない。――僕がロシヤ女でなく、ドイツ人の乳母に育てられたのは、實に殘念なことだ。――僕は民話を聞いたことがなかつた。それらのなかには、凡百のフランス文學に於けるよりもさらに多くの詩があるにちがひない。

わが遺言。（僕がA・Sと共に訪れた樹に就て）

あのひからびた樹の下に僕を葬つてくれ。ふたつの死の姿がきみらの目の前に殘る樣に。その下で僕は戀し、愛しますと云ふまどはしの言葉を聞いたのだ。それは僕の胸の絃にふれて、ふるえさせた。その時、樹は花咲き、すがすがしい風にその頭をふつて、囁いて居た。愚なものよ、きみは何をしたと云ふのだ？（樹は枯れてひからびた。）時は、僕よりもさきに、人間の喜びの物云はぬ目撃者を亡ぼして終つた。僕は泣かなかつた。何となれば、涙はなほ希望あるもののものだから。だがその時、僕は紙を取つて次の樣な遺言を書いた。「わが骨はこの枯れたる林檎の樹の下に埋めよ。石を置きて、その上に何ごとをも記す勿れ！蓋しわが一片の名のみ、克く彼がために不死を齎らすに價ひせざれば。」

多作なりし三文文士の墓碑銘。玆に、曾て白紙を目前にせざりし人眠れり。

（一八三〇年。）僕の生涯にはまだロオド・バイロンとの共通點がある。スコットランドに於て、ある老婆が彼の母に向つて、彼が偉大な人間になり、生涯に二度結婚するだらうと豫言した。それと全く同じことをある老婆がコウカサスで僕の祖母に言つた。神よ、たとへバイロンの樣に不幸であつてもいい、僕の身の上にもまたこれが實現されますやうに。

（一八三一年。）『新エロイーズ』を讀む。實を云へば僕はもつと立派な才能と、もつと深い自然と現實の知識とを期待して居た。判斷が、そして又理想が、餘りに多い！ それらは美しく、みごとではある。そして絢爛たる表現に包まれた不幸な詭辯も、それら全てが理想としてみられる妨げとはならない。だが『ウェルテル』の方がもつとすぐれて居る。そこには人間が居る――さらに多くの人間が。ジャンジャックにあつては、罪惡でさへも事實の如くではない。彼の主人公達は力づくで自已の寛大さを讀者に信ぜしめようと欲する……。だが併し、驚くべき美辭だ。最後に僕がいいと思ふのは、餘人ならぬルッソオの頭に『新エロイーズ』を書かうと云ふ考へが生れたと云ふことである。

十二月二日（四日？）聖ワルワーラの日。夜、歸宅。昨夜、僕はまだ自分の幸福の永續性に驚いた！ 彼女をみて誰か彼女が苦惱の原因たり得ると思ふであらうか。

（一八三七年。）チフリス、Pの許にて。G・某――學識あるタタール人。それからアリとアフメット。グルジヤへ入浴に行つた。彼女が合圖する、しかし僕等は入り込まない、土曜日だからだ。出がけに再び彼女は合圖した。だが僕は、手すさびに木炭を取つてタタール人を壁に描いて居た。彼女の背に線を引く、あとに隨いて出る。彼女は同意した……。唯彼女の命令の實行を誓ふ爲には、僕は屍骸を持ち出さねばならない。持ち出して、クウヲ河に棄てる。まづいことになつた。屍骸は發見され、衞戍監獄に運ばれたのだ。僕は彼女の家を忘れた。探すことにきめる。後日の證據に僕は死人から短劍をとつてあつた。それを先づゲウルグの所へ持つてゆく。彼の云ふところによれば、ロシヤの士官に作つてやつたものらしい。僕等はアフメットに探りを入れてみるように云ふ。從卒の口から、そのロシヤの士官は、娘を持つたある老婆と永い間近所つきあひをして居たが、娘が嫁にゆき、一週間經つて死んだものである事が判明した。遂に娘の嫁入り先も判つた。家をみつける、だが彼女には逢へない。アフメットは附近をうろつき歩いて、夫がやつて來たのを探知した。誰かが、二三日前に人が窓から這ひ出したのをみたと云ひ、また夫が家族のものを訊問した事を彼に報せた。僕等は隊商小屋に赴き——妻を連れた男が通るのをみた。彼等は立止つて僕等をみた。僕等は通りすぎて、彼女が指をあげて僕を指し、夫がうなづくのを認めた。その後、一度夜中に、僕は橋の上で襲はれた。奴等は僕をつかまへて名を訊ねた。僕は答へた。『私はあれの夫だ』と言つて彼は僕を投げ倒さうとしたが僕は機先を制してそいつを投げとばしてやつた。

（一八四一年。オドイェフスキイの本。）『ロシヤには過去がない。全てが現在と未來である。』傳説も語つて居る。『エルスラン・ラザレェウィッチは廿年の間身動きもせず坐つたまんま、ぐつすりと眠り續けて居た。廿一年目に、やつと深き眠りより醒めて立ち上り、歩き出した。彼は卅七人の王と七十人の豪傑に出會ひ、これを打ち破つて王座に就いた……。』ロシヤとはまさに斯くの如きものだ。

（以下次號）

ある晩

ある晩、あるおでん屋で、むかし論敵の一人だつた男に出會つた。「左翼」さかんの頃、その連中は、僕たちを「反動」と呼び、すでに清算されたものだと得意になつてきめてゐたものだ。殆ど十年ぶりぐらゐで偶然出會つたのだが、髯など生やかし、新調のコートなど着こんで、一見堂々とした紳士の風采だ。僕を見つけると、ひどくなつかしさうに話しかけてくる。いろ／＼昔の話など持ち出し、昔の自分の仲間を十把一からげに貶しつける。「もと／＼彼等は文壇的野心より他に、何も持つてゐなかつたんだからね」と、至極カンタンな論理でかたづける。「いま何をしてゐるんだ」と聞いてみると、「こんなことでもしなくちやね……」とにやにやして、大陸經濟調査所主任（?）といつた風ないかめしい肩書のついてゐる名刺をよこした。名刺のいかめしさに比べて、妙に卑下した感じと、おでん屋の女の子をからかふ成金めいた俗悪さが、どうもチグハグだ。一杯機嫌で彼がべらべらしやべるのを聞いてゐると、すべてが申しわけのやうでもあり、その申しわけが居直りの圖々しさを感じさせる。「あんたはむかしから潔癖だつたからな」と、そいつが僕に云ふのを聞くと、僕は急にムカムカして「つまらんことを云ふのはよせ」と怒鳴つてしまつた。（J・O）

釣狂記（一）

田木　繁

これは一體どうしたことであらう。少しも家の中で落ちつくことの出來ぬ習慣に近頃の三吉は陥つてしまつたのだ。晩い朝飯を濟ました後、長い間煙管で火鉢の縁を叩きつゞけてゐたのが、漸く立上つて裏木戸傳ひに離家へ行つたと思ふと、すぐまた引きかへしてきて、座敷の中をあちらへウロ／＼、こちらへウロ／＼しはじめる。

うちの人に限つてどうしてかうなのかと妻君は考へる。離家の居心地の惡い筈は決してない。毎朝彼女は朝飯の隙間を狙つて、すばやくそこの掃除を濟ますことにしてゐる。本や原稿紙をちやんと元通りの位置に直してある。小さいことにコセ／＼氣のつく三吉のために、灰皿を空けたり、花瓶の水を換へたりすることも忘れてゐない。いつかのやうに書齋の仕度が出來てゐないために、仕事の氣持が壞れたなどと言はれることを、何よりも恐れてゐるのだ。それにも拘らず、すぐ引返してきて、臺所や茶の間でウロ〳〵する。いくらか面目ないと見えて、こちらの顏色を覗ひ〳〵、何か話しかけてきたり、女中の仕事に嘴を入れたりする。

と見てゐると、次には急に立上つて緣側へ出て行く。硝子障子越しに斜に空模樣を覗きあげてゐる。

これが三吉の家にゐるときの性癖の一つで、殊に何かの用事で閉ぢこめられたときなど、殆ど三十分おき位にくりかへす。そして天候の變化を豫測することがひどく得意になり、西空にムク〳〵入道雲の立つてゐるのを見て、ソロ〳〵にしが吹くぞとか、雲足が北へまはつたから、間もなく風が落ちるとか、薄い層雲が一ぱいに大空を蔽ふてゐるので、明日は必ず雨になるとか、問はず語りに言つて聞かせる。

が今日ばかりは當分の間はどう見ても晴れさうにない。正午に近づくとともに、ます〳〵あたりが暗くなつてゐる。ドロ〳〵の雲が少しも途切れず流れつゞけてゐる。時々思ひ出したやうにバラ〳〵細い雨さへ落ちてくる。それは朝食後ひとしきり眺めまはした揚句、分つたことだ。今日一日はまあおちついて仕事をする外はないだらうと、傍から言ひ、自分でも認めたことだ。がそれから三十分經つや經たずに再び緣側へ出て、未練たらしく空模樣を眺めまはしてゐる。

力無い表情をして歸つてきたので、こんどこそいよ〳〵あきらめ、離家へ行くことにきめたのかと思ふと、さうではなくて、玄關わきの物置からいくつもの道具類を收めてある箱や、何本も一緒にしばりつけてある竿類を持出してきた。さうなると、もう一二時間は腰をあげる氣遣ひはない。遂に本格的にずるけてやらうと決心した樣子だ。そのいくつかのブリキの箱や木の箱には樣々の道具類が別々に收められてある。海釣用の大きな框に卷かれた鯛道具や鯵道具は木の箱に、河釣用の小さな鯊道具や鯇道具はブリキの箱に收められてある。中でも高價な鮎釣り用の樣々な色彩を持つた毛針や、太さによつて用途の違ふ鈎素類は別にまとめられ、ナフタリンの玉と一緒に小さな罐の中に密閉されてある。これらは毎日ヒマさへあれば、取り出してきて、整理し、修繕しつくされてゐるもので、今更引つぱり出す必要のあらう筈のない品々だ。それにも拘らず又部屋一ぱいに擴げはじめる。纖細な千又道具や鮒道具の先端に光線をあてて傷の有無を確めたり、紅絹ぎれでつまんで、丹念に磨きをかけたりする。わけても家族の者達にとつて一番閉口なのは、長い竿類を引つぱり出されることだ。三四間もある鮎竿を次々につぎ足して、縁側から臺所の隅まで延ばす。中腰になつて、竿尻を下腹にあてがひ、しばらくは魚信を樂しんでゐるやうに、先端をあげさげしつゞけてゐる。

かう言ふときに、もしも、

「こんな日に却つてよく釣れるのとちがふかえ?」

などと、聲かけてやると、急に元氣づき、雨のショボ〳〵降りの生暖い日には一般に喰氣づき、次々にいくらでもとびついてくるとか、濁りがまぢると、一層よいとか語り出す。

「そんなにつれると、さぞ面白いでせうね」

と合はすと、ます〳〵調子に乘り、沖の島のアイつりのときなど、夕立の間に苫から片手だけ出して、見る〳〵二三四つりあげたとか、川口の黃鰭つりのとき、一人だけビショ濡れになつて頑張つて魚籠に半分ばかりもつりあげたとか、一度聞いたことのある自慢話を並べ出して止むことを知らぬ。

もしも反對に、

「そんなことされると、邪魔になつて、恰好だけでも机の前へ坐りに行つたら……」

などと言ふと、急にペシヤンコになり、不機嫌になる。

彼自身にしてみれば、三十面を提げて妻君から監督を受け、小學校行きの子供のやうに勉强部屋へ追ひやられねばならぬ自分をつく〲恥しく思ふのだ。それとともにこれから彼が追ひやられようとする書齋、椅子、机、本棚、原稿紙、萬年筆等すべてに對して、俄に腹が立つてくるのだ。この彼の子供のときからつきまとつてゐるもの、恐らく死ぬまで離れぬであらうもの、これらの生涯の責道具から如何にすれば逃げることが出來るであらうか？　打明けて云へば、彼は心の中で聊かも魚つりなど愛してゐるのでない。或ひは單にそれが魚つりが魚つりだけのものであるならば、誰がのんびりとそんなことばかりしてゐられるか？　しかし彼にとつてはなんとかしてそれから逃げよう、逃げなければならぬと思ひこんでゐる彼の詩があるのだ、彼が彼の詩から逃げきれぬ限り、曾て詩人であつた彼自身を抹殺出來ぬ限り、彼は彼の魚つりから離れるわけに行かぬ。彼は彼の詩から逃げ得るたつた一つの、それ以外にない手段として、魚つりを發見したからだ。從つて今新しく妻君から仕事のことを思ひ出さされると言ふことは、取りも直さず新しく魚釣りに行きに油を注ぎかけられることになる。折角靜まりかへつてゐた感情がまたムク〱と頭を擡げてきて、起つても坐つてもゐられなくなる。かう云ふ氣持は一體如何にして妻君に說明することが出來よう。或ひは說明することが出來たところで何にならう。唯一つの解決方法として、いきなり彼は怒りを爆發させることにする。あたりの者全體にあたりちらかすやうに、

「雨合羽と長靴の用意をしろ！」

などと言ひ出してしまふ。

二三日降りつゞいた揚句、西空に漸く僅かな隙間が見える。雲足もいつの間にか反對に南西から北東に向つて動きはじめてゐる。すると、もう聊かの猶豫も出來ぬ。用意のリュクサックを擔ぎ、釣竿を抱へて飛び出す。一筋に二三町離れた堤へ向ふ。それは全く息せききり、傍目もふらぬといふ恰好で、途中で誰に出會はうと、何が起らうと、氣づかぬ。偶に

氣づいたとしても、それらにかゝりあつてゐる餘裕を持合はさぬ。畑に出てゐる百姓達は鋤鍬持つ手を止めて、又あの人が出てきた、よく身體がつゞくものだと言ふ。道樂もあの位になると、さぞ苦しいことであらうと、同情する。しかしそれらの人々の眼顔も耳打ちも、聊かも三吉の頓着するところとならぬ。一足でも早く現場へ行きつくことを願つてゐる。ひたすら今日の漁獲の結果を案じてゐる。相當長くつゞいた雨の後だ。必ずや川に何かの變化が齎らされてゐるに違ひない。道も家から堤の目的場所に到る最短距離を狙ふ。堤を大きく廻り、直角に山際に向ふ道を降り、踏切を越えて部落へはいる歸路とは反對に、線路を傳ひ、畦道を拾つて、直角三角形の斜邊を通つて行く。

前屈みになり、いくらか汗ばんできた膚を感じながら、すつかり冬枯れてしまつた土手を一氣に驅けあがる。すると、目の前に目指す横土手の風景が擴がる。

そこは川が兩側から迫つてゐる山峽の關係で、南方へ三十度ばかり彎曲してゐるため、横土手又は横手と言ひ慣はされてゐる。本流は曾て力一ぱいその部分に突當りつゞけ、北側の堤に沿うて深い淵を抉りとつた。がその後流勢の關係によるものか、或ひは岸に沿うて沈められた捨石の抵抗によるものか、それ以上激突する努力を諦めたのであらう。流れは左方へ逃れて、二三町下方で輕く堤と觸れ、すぐ分れる態勢をとつた。そのため現在ではこの堤の彎曲した部分には、次第に淺くなつて行く入口によつて少しづつ水を入れかへられながら、曾ての激しかつた流れと堤との鬪爭の記念としての深い碧が湛へられてゐる。

長雨がつゞいて、本流の水が濁ると、多くの鮎や鮠の群がこの淵の中へ逃げこむ。出水のため上流から流されてきた大きな緋鯉の岸邊に泳ぎよつてゐたこともある。これらの魚達の産みつけた卵は冬の間にこの淵で大きくなり、春になると瀨へ出て行く。わけてもそこは鮒場であつた。一年中深い、水の動かぬ場所にゐついてゐるこの魚は、いつもこの淵の岩陰に四五尾打ちつれて這ひまはつてゐる。初春の暖く、風のない夕暮などには、無數の小鮒が何かの繪紋を散らしたやうに岩の上に浮きあがつてゐる。

一年中の最も多くの日々を、三吉はこの淵で暮らした。春のはじめ、彼はこの出口で鯇をつつた。晩秋に濁水の中で、落鮎を狙つてピットコ（引つかけの一種）を引いた。一週間ばかり通ひつゞけ、鯉を目がけたこともあつた。そして勿論他の多くの人々と並んで、鮒つりの絲を垂れ、終日を過ごした日々は數へることが出來ぬ。

が時候は既に秋の終りと言ふよりは冬のはじめに近づいてゐる。もはや毛針づりの季節でない。それどころか、十月中に二三回つゞいた大雨のために、上流の鮎達は例年より早く下つてしまひ、引つかけの道具さへ役に立たぬ。同時に低下する氣溫のために、すべての魚達は次第に食氣を失ひはじめてゐる。すつかり澄んでしまつた水底で、くりかへし苛められて敏くなつた鮒達の姿だけが、徒にはつきりと見える。これらを釣りあげるためには水の濁りでも待つ外はない。

が胸おどらせて堤を驅けあがつてみると、待ちかねた雨の結果も大したことのないのに氣づかねばならなかつた。本流は案外ケロリとした顔付で向側を流れてゐる。足下の淵の水量も格別增えたやうに見えてゐない。二三日もつゞいて降つたにも拘らず、一度にどつと地面を叩くやうな雨でなかつたためであらう。

「あにさん、今日は思つたほどのことないで」

淵のまん中のところに坐りこみ、やはり鮒を狙つてゐた袖なしのチャン〳〵コを着こんだ老人が言つた。

「あんまりあかんので、もう歸らうと思つてゐるところや」

入口のところに立つて、これはこの季節に早すぎる鮠竿を振つてゐたレインハット、レインコートの若い男も顔だけこちらへふり向けた。

道具類を肩からおろしたまゝ、三吉は苦笑する外はなかつた。しかし、かう云ふのは釣師一般の口癖で、歸らう〳〵と言ひながら、結局最後まで頑張るのが常であるとするならば。

彼はやはり自分で一度試さずに治まらなかつた。少し入口よりの、幾つも亂雜に投げこまれたコンクリートの捨石（人はそれを豆腐と呼んでゐる）の上へ腰をおろした。水底を覗ひ〳〵、用意の寄餌を投げこんだ。鮒つりの寄餌には薩摩芋のふかしたのか、米糠とさなぎ粉とを練り合せたのかを用ひる。

次には一二匁もある錘子を使つて、水深を測つた。あくまで底を這ひつゞけてゐる魚である鮒のためには、浮木下を水深一ぱいにすることが必要だ。先端が宙ぶらりになつてゐては、徒に魚達の上を流れすぎるだけで、いつまで經つても食ひつくことはない。

差餌は蚯蚓を、中でも肉の厚い、赤と黄の縞目を持つた虎蚯蚓を使ふ。普通錘子から下を枝にして、長短二つの鈎をつけ、鈎先から垂れ下つた蚯蚓の尻尾が絶えず水中でピク〳〵動くやうにしておく。

これだけの用意を終へると、あとはたゞ竿尻を石の間へつつこみ、煙草に火を點けて、浮木の動きを眺めてゐればよい。がなるほど人々の言ふとほり、何十分待つても聊かの音沙汰もない。引きあげてみると、蚯蚓は長い間水にさらされたため、色褪せ、だらりと垂れ下つてゐる。

「こんなことでは、いきほひこんでやつてきた甲斐がないで」

レインコートの男が再び言ひ出した。

「家で仕事をしてゐた方が、よつぽどましや」

怒つたやうな顔つきの老人が、一層口をとんがらしながら附け加へた。

しかしながらひるがへつて考へるときは、いづれにしてもこの季節になれば、漁獲に大した望みはかけられぬ。すべての魚達の漁季は既に終り、鮠や鮒の再び餌を食ひ出すのは、主として二月以降の雨の後であることは分つてゐることだ。それにも拘らず、どうしてこのやうにいきり立つて、彼等はやつてこねばならぬのであるか？

仕事、なるほどかういふときは家に落ちついて仕事をするに越したことはない。このチャン〳〵コの老人、これは近隣に住む百姓だ。百姓にとつてはそろ〳〵はじまる蜜柑の採收のために、家に仕事はいくらでもあるに違ひない。レインハット、レインコートの男、このM町に住む汽車乗りか何かの男にとつて、今日はたまの休日で、たとへ漁獲がなくとも、この一日の行樂によつて、明日はまた氣分を新にして仕事にとりかゝることが出來るに違ひない。ところで彼自身にあつては――。

三吉は再び自分自身を反省する機會を持つた。彼自身は仕事のことを考へる度に、一層魚つりに向つていきり立つ外はないのでないか？　いはゞ背水の陣を布いて出てきたのでないか？　あくまでこの水邊に坐りつゞけてゐる外はないのでないか？　たとへ他の人々がすべて歸つてしまひ、たゞ一人ぽつんと居殘る結果にならうとも。日暮まで待ちつゞけ、結局待ちくたびれに終らうとも。

がこの日などはまだましとしなければならなかつた。竿横たへて坐つてゐられるだけでも。毎日通つてゐると、この河畔の一日々々は必ずしも平穩でなかつた。殊に秋の終りから冬にかけて、雨の日の後か、トロリとした凪の日の後に、激しい西の風の吹き出すことがあつた。これを人々はねふきと言つた。冬になると、ます〳〵その期間が長く、毎日吹きつゞけて止まなかつた。さうなると、人々は師走の十日吹きと言つた。それは全くこのあたりが風道になつてゐるために違ひなかつた。はるか海上から吹きつけてくる風は、紀淡海峡に長く頭をつつこんだ宮崎の鼻にぶつつかる。そこからこちらへ廻り、川筋に沿うて、狭い山峡の間を吹きあがる。一體どこから出てくるのであらうと思はれる位、澤山の雲が後から〳〵水平線から立ちあがる。忽ちこの上空全體を蔽ひ、日の眼を遮る。生物はすべて頭を下げ、灰色一色に色を變へる。氣溫は見る〳〵低下し、人々から體溫を剝ぎとつてしまふ。

かう云ふ日には、川堤に行きつくことすら並大抵の苦勞ではない。がやはり何かの焦躁に驅られて、家を出ずにゐられぬ。曾て北風の吹きつゞけた寒い日に大喰ひさせたことがあつた。風に焦ら立つ浮木を引つぱりこみ、次々に大小とりまぜ三十匹もつりあげた。風の動きがかへつて差餌の先端に微妙な効果を與へるのかも知れぬ。さう云ふ希望に驅られて、辛うじて岸邊へ立つ。

すると、忽ち頭上でゴーッと物凄い唸り聲が起こる。目前の淵の水にサッと荒い箒の縞目を入れながら、風は堤へ吹きあがる。

この向ひ風に抗して、道具を投げこむことは容易でない。力を罩めて投げこんでも、寄餌をした目的のところへ屆かぬ。稀にとゞいても、すぐ風に吹きよせられてしまふ。うつかりすると、あつと言ふ間に竿まで横倒しにされる。絲が縺れたり、鈎先を汀際の雜草に引つかけたりする。まだ一尾もつらない内に、道具を作り直さねばならぬ破目に陷る。神經だけが焦ら立ち、手先は少しも働かぬ。餌箱をひつくりかへしたり、大切な鈎素類を飛ばしたりする。もう鈎竿も何もへし折つてしまひたい焦躁に驅られる。

それでも別段引返さうともせず、蹲つたまゝでゐる。凍えた手先や、くた〳〵になつた腕のあたりを驅り立て、同じ動作をつゞけてゐる。風の息する合間々々を狙つて投げこみ、瞬間の水面の平靜さに浮木の動きを確めようとする。まるで意地になつてゐるやうに。われとわが肉體を苛めてやらうと覺悟してかゝつてゐるやうに。

「ざまあ、みやがれ！」

心の中で、誰にともなくあざけりの言葉を吐きかけてゐる。

「樂しい詩など書けるものか、可笑しくつて、例へ釣漁ばかりしてゐたつて、生活はこんなに苦しいんではないか？」

廿代の三吉は實は詩作を以て世に立たうとしてゐた。がそれは凡そ一般の物柔かな、婀娜としたものでなかつた。いつも赤目をつりあげた、いきり立つたものであつた。彼自身の定義に從へば、最も詩的なものとは、最も激しい人生の苦しみに正面から向ひあつた人間の姿に外ならなかつた。從つてさう云ふ詩を作りあげるためには、絶えず世の中の激しい葛藤の中に立ち、激しい感情に自らをかきむしらねばならなかつた。

かういふやうな詩ははじめの內は少し世の中に迎へられたやうに見えた。が間もなく世の中の事情は變り、一般にかういふ詩をみとめることも、又かう云ふ詩を書きつゞける餘裕を與へることもしなくなつた。のみならず唯一つ、樂じい詩しかみとめぬやうな時勢になつた。從つて詩人として生きのびるためには、三吉もまた何らかの形で、樂しい詩を書く外はなくなつた。が彼にはどうしてもそれが出來ぬのであつた。友人の誰彼は牛を馬に乘りかへるやうに、苦しい詩から樂しい詩へ移りかはつた。がそれらのどの一つも三吉には感心出來ぬのであつた。眞實の詩だと思へぬのであつた。或ひは今になつて考へるときは、彼のやうな詩人はその生涯の幕を急速に閉ぢる方が本當であつたかも知れぬ。さうすることによつて終りを全うすることが出來たかも知れぬ。が幸か不幸か、彼の運命はさう云ふ風に詩的にやつてこなかつた。そこで今や彼にとつては、彼の後半生を如何に送るかが問題になつてきたわけであつた。

もとより彼自身も現在は苦しい詩を書きつゞけ得るやうな狀態にゐない。さう云ふ激しい生活をつゞけてゐない。それでゐて、ひとたび詩のことを思ふと、彼の心はいきり立つ。何かおこりのやうなものが胸元につきあげてくる。昔取つた杵柄を思ひ出す。

或る人は親切に注意してくれた。

「それでは君は生きて行けぬ。何かそれを乗り越えた境地に到らなければ」

がさう云ふことが彼にあつては、彼の詩の埒内で不可能だとすると、いやむしろ、詩は逆に彼を引きもどす作用をするものに外ならぬとすると、彼にとつてはさしあたり魚つりに走る外はないのであつた。これからの生活は詩人たることを止めて、釣師にならうと、決意する外はないのであつた。（以下次號）

路程標

赤木健介

第九信

感冒がすつかり癒り切らない前に、どうしても出社しなければなりませんでした。現代社會を組成してゐる色々なメカニズムは、その一原子たる個人が缺けることによつて、その運行が全く停止するといふことはなく、或は新しい人員を補充し、或は他の構成員に餘分の仕事を負荷して、どうにか動かされてゆきます。戰局の擴大と共に、應召者の增加することは必至ですが、一年間の經驗は、銃後生活者のさうしたメカニズム內部の缺落を補充してゆく意志力の驚くべき强靱さを示してゐます。併し、その過剩の負擔が肉體的精神的に、疲憊狀態を生ずることも否定出來ません。それに、仕事の性質によつては、未經驗な新人の補充を以てしては、到底代置出來ないものもあります。

一時的な病氣による僕の休みも、それが殘つたメンバーの負擔過重になるので、良心が知らぬ顏をしてゐることを許さぬのです。もちろん身心を酷使して、その破壞を早めることは、正しい意味で君國に對し忠誠な生き方であるとはいへません。併し、非常な時局下にあつては、色々な結果を計算較量して、妥當な道を選ぶ餘裕は無いのです。銃後生活者も、日々を激しく生き、ひたすら時代の奔流から立ち遲れないやうに戰つてゆく外は無いのです。ここにはヂレンマがありますが、それを斷截して前方へ導くものは意慾です。

僕は哲學者ではありませんが、意慾の指導力について考へることがよくあります。僕はその力の大きさを信じてゐます。その意味で僕は精神主義者であるとも言へませう。併しその無制限的な昂翔の可能性を主張するものではなく、いつかそれが肉體なり環境なりの限界に行き當つて生ずるところの、悲劇的な破滅をも豫感してゐます。

社會のメカニズムの中での、矮小な一生活者に過ぎない僕が、さうした限界に近づくほどの張り切つた意慾的努力をつづけてゐると言つたならば、それは笑止千萬な思ひ上りですが、併し倫理的には、かの悲劇的理念が遠いところに寂靜なすがたを示現してゐるのを見ないでもありません。

此の頃僕は、「アミエルの日記」を新譯で讀みかけてゐます。大抵、朝出社する途中、急行電車の中で讀むことにしてゐます。日記ですから、あまり長い部分は無く、區切りのよいところで讀み止めることが出來、電車の中などで讀むには好都合であります。アミエルは若い時からすでに完熟の風があつた人で、それだけに一生を通じて思想上の大きな轉機を經驗せず、三十代の日記も六十近くになつてからの日記も、考へ方にひどく變つたところはありません。それが彼の哲學者＝思想家としてのスケールを小さくし、或る人々からは輕蔑されてもゐるのですが、併し僕にとつては彼の思想が偉大なものであるか、さうでないかは殆んど問題ではありません。むしろ、この生涯を通じて不變と見える蝸牛的思索人が、やはり年と共に變化してゆく人間性の動きを露呈してゐる事實に限りなく興味が惹かれるのであります。

「アミエルの日記」の新譯（岩波文庫版）には、ブーヴィエが獨立に「フィリーヌ」と題して一九二七年に始めて公刊した部分が加へられてゐます。これはアミエルが、フィリーヌ（御存知のやうに、もとはゲーテの「ウィルヘルム・マイスター修業時代」に出て來る魅惑的な女優の名からとつたのです）と綽名した女友《アミ》との戀愛に關するものです。一萬數千頁もあるといふ日記の鬼のやうなアミエルが書いた記錄の中で、今まで公表されたものはまだ一部分に過ぎないやうですが、嘗て早くも前世紀にウォルター・ペーター等によつて取り上げられた舊版の部分は、鹿爪らしい論理と淸冽な自然描寫があるにしても、あまり魅力のあるものではなかつたと思ひます。僕に言はせれば、私生活に觸れてゐる「フィリーヌ」の部分が新たに加へられたことによつて、人間的な深さと親しさが限りなく湧き起るのであります。僕はいつか、僕のフィリーヌについても書きたいと思つてゐるので（それは葦枝ではありません）、特に貴方にアミエルの「フィリーヌ」を讀んでおいてもらひたいのです。

併し、僕がここに「アミエルの日記」を持ち出したのは、「フィリーヌ」論をするためではありません。意慾と諦念の問題について、今我々がひとしく惱んでゐることと、幾分相觸れるものが、アミエルの思索の中に遍滿してゐることを發見したからです。外界に煩はされず、思想的隱者たることを、幾分の不滿足を感じながらも理想としたアミエルの心境は、殆んど我々と沒交渉です。僕は隱者にはなれない宿命に生れついてゐますが、また萬一なれるとしたところで、ならうとは思ひません。それは全く孤高のエゴイズムです。併し、アミエルは、よく東洋に現はれたやうな單なる逃避的な隱者ではありません。彼はむしろ强烈な生活意慾を持てあましてゐるやうな性格の人だつたらうと思はれます。ただその意慾がつき當るところの限界に、あまりに敏感であつたため、容易に諦念に身を任せたのです。

僕はこの諦念といふことを、非常に貴重なものとして考へてゐます。シェークスピアの諦念、ゲーテの諦念、杜甫の諦念等々……。そしてそれは、意慾が必然に随伴せざるを得ない影像であると思ふのです。ただそれを、アミエルのやうに安易に取り上げたくはない。倒れて後已むの諦念でありたい。或る種の優れた東洋の思想家が示したやうな、割り切れぬ人生の中に結實する悲劇的理念でありたい。が、この若輩が、そんなことを言ひ立てるのは、思想に對する甚だしい不遜でもありませう。むしろまだ、僕は意慾の展開に於て、不忠實でさへもあるでせう。併し、せつぱつまつた激しい生活の中には、時としてその鑛脈の露頭が見られます。

もう既に前からのことですが、僕の疲勞は慢性的になつてゐます。朝、出社してデスクの前に座ると、早くも疲憊したやうな感覺に壓倒されることがあります。これは肉體的なものであるよりは、精神的なもののやうです。なぜ、こんなに疲れるかといふと、仕事があまりに雜多で、相互に無關係なものが、何十となく頭の中でひしめき合ひ、而もそれを忘却の墓地へ葬つてしまふことが出來ないといふ事情によるものではないかと思はれます。近代産業の精密化は、個々人に單調な分業を强制するやうになつたといはれますが、我々のやうな仕事は、いつまでたつても多樣性が失はれず、その點で退屈は免れますが、一定の限度を越えると、神經の疲憊は恢復しがたいものになります。それに、僕は社の仕事だけに生きてゐるのではない、——時間的には大部分を勤務に捧げてゐますが、僅か殘された生活の斷片を、自分が心から生甲斐を感ずる詩作や勉强に宛ててゐるので、神經に加はる重壓は一層强いものとなります。そんなことを言つたところで、仕方の無い愚痴ですから、止しませう。そしてこれは、僕一人の特例ではないでせう。銃後生活の緊張は、働くすべての人人に、さういふ狀態を齎らしてゐるのでせう。

今日も、午前中は淸らかな秋風を身近く感じて、中々元氣だつたのですが、午後になるともういけません。疲勞の毒液は、居ても立つても居られないやうな焦立つた狀態に身心を追ひこみます。それを救つてくれるのが、退社の時刻を待ちかねて驅けこむ酒店なのです。一杯の麥酒は、疲勞を、消しゴムのやうに簡單に抹殺し去り、寂靜のこころを導きます。これはどう考へても健全な對策ではありませんが、やむを得ずさうした方法を採つてゐる者は、僕の外にもあるでせう。

睡眠は、日々の疲勞に對する最も好適な解毒劑でありますが、疲勞が或る限度を越えると、睡眠も甘美な慰藉ではなくなります。熟睡は望まれなくなり、眼が覺めてからも印象がはつきりしてゐるやうな長い夢によつて、貴重な休養の時間が占領されてしまひます。昨夜も僕は、涯しなく續く夢を見ました。その中でも、社の仕事をしてゐたり、原稿用紙にはつきりと讀みとれる文字を書いたりしてゐました。さうかと思ふと、荒唐無稽な怪獸が小さな池に浮んでゐて、ぱくりと蜻蛉を食べてゐる、——それを素直な氣持で眺めてゐるといふやうなこともありました。明け方近く眼を覺した時には、びつしより汗をかいてゐました。

夢は、餘分の、一層苦しい半覺醒生活であります。

第十信

貴方からの、今まで僕が書いて來た部分に對する御批評を拜讀しました。それによると貴方は、小說としての此の書翰が抒情性の過剩に禍ひされてゐないだらうかと、遠慮がちに指摘されてゐます。そのことは、僕も自己批判してゐるところです。それは單なる文章の問題ではなく、書いてゐる僕自身の文學精神の問題だと思ひます。僕はそれを突破克服しなければならないでせう。

次に貴方は、手法として此の書翰が、過去と現在を交互に記錄してゐることは、混雜の感じを與へないだらうかと言つて居ります。もし、さうした印象を與へたとすれば、それは僕の責任です。といふのは、この手法は意識的に構築したものであるからです。僕は古典音樂の遁走曲形式《フーガ》に心惹かれ、主題の展開をずらして並行させることを、文學上にもやれはしないかと考へたのです。この場合、對位法の觀念によつて、過去と現在の結節點が見出されるやうにする、といふのが僕の味噌だつたのです。この多少難解な、或は無意味かも知れない手法を、もう暫らく續けて見たいと思つて居ります。

思ひ出すのが苦痛なため、斷ち切つてゐた回想に、また戾ることにしませう。

兄夫婦が、僕と葦枝との戀愛を知つて、反對の意向を表明してから、數日後のことでありました。編輯室で執務してゐた僕に、突然電話が掛つて來ました。小寺和子といふ、葦枝の友達で、二三度一緒に會つたことのある女からでした。

「もしもし、宇野さんですか。私、小寺ですけれど。葦枝さんの代理なんですの。どうしても會社では連絡出來ないから代りに私から掛けてくれつておつしやるのよ。ぜひお目にかかつてお話しなければならないことがあるから、今晩六時にいつものところへ來て下さいつて。おわかりになりました? では、さようなら。」

快活な聲音は、受話器の中で微かに消えてゆきました。和子は、ちよつと變つたところのある不思議な子です。葦枝よりも年下で、肥り肉《じし》ではあるが小柄の體格で、含蓄のある微笑を洩らします。或るとき三人で夕飯を食べてから、ぶらぶら步き廻つた末に、神田驛で別れたのですが、その時葦枝は和子の前をも構はず、僕の手をとつて別れを惜しみました。それを見てゐるやうな、見てゐないやうな樣子で、まだ二十歲にもならない此の少女は、ちつとも厭な顏をせず、相變らず含蓄のある微笑を浮べてゐるのでした。僕は些か驚異を感じて彼女を見直したことを記憶してゐます。

その晚六時に、いつも會つてゐたレストランに行くと、もう葦枝はボックスに座つて、大分待つてゐた風でした。本や原稿用紙で膨らんだ鞄を卓の下へ置いて、晝間とは打つて變つて花やかに白粉などをつけた彼女の顏をまともに見ると、どうでせう！　その圓らな瞳からは大粒の涙がぽとりぽとりと溢《こぼ》れるではありませんか。

「どうした？」

彼女は直ぐには返事をしませんでした。涙を眞珠にたとへるのは常套的ながら、惜し氣もなく葦枝は、その珠玉を頰にまた膝の上に落すのです。給仕や、他の客が、みんな妙な顏をして見てゐるので、僕は恥しくて閉口しました。併し葦枝は、そのとき世界を忘れてゐたに違ひありません。

永井荷風の「ふらんす物語」を讀んだことがお在りでせうか。或る時、主人公が劇場に行つてゐると、劇の進行半ばにして、近い席にゐた若い女が歔欷を始める。その同伴者たる靑年が優しく慰めても、彼女は啜り泣きをやめない。他の客の手前困じ果てた靑年は、到頭女を介抱しながら、席を立つて行つたといふのですが、主人公は外題の筋からして、恐らくその女の境遇が舞臺上の女主人公と似通つたもので、やがては男に棄てられる運命を、自分の身につまされて、いたく感動したものではないかと臆測するのです。シチュエーションは違ひますが、葦枝の思ひつめた心理がわかるやうな氣がして、僕は默然として彼女が口を開くのを待つ外はありませんでした。

五分位經つた頃、彼女は泣くのをやめて、につこり笑ひました。涙に洗はれた眼は、淸らかな印象を與へました。

「馬鹿ね、私。」

「どうしたんだ？　一體何が起つたんだ？」

僕は改めてたづねました。併し彼女は、直ぐには答へず、

「泣いたら、おなかが減つたわ。何か御馳走して下さる？」

僕は喜んで、簡單なランチを註文しました。彼女の氣分の轉換をうれしく思つたのはもちろんですが、無邪氣といつたらよいのか、油斷がならないといつたらよいのか、その技巧に感心したのです。

やがて、料理を頰ばりながら、彼女は話し始めました。

「今日、お晝近くに、貴方のお嫂さんから電話が掛つて來て、東京驛の待合室へ出向いてくれと仰有るのよ。聲はとても優しかつたけれど、私何だか急に胸がふさがるやうな氣持になつて、不安でびくびくしながら出掛けて行つたの。」

「ふむ。」

「そしたら……。貴方の嫂さん、綺麗な方ね。今日はとりわけ綺麗だつたわ。にこにこしながらお話しなさるんですけれど、眼を見ると、とてもきつくてこわかつたわよ。始めのうちは外の話をしてゐました。そのうちに、段々用向きに入つて行つて、結局貴方の兄さんが私たちの結婚に反對だから、今後交際するのを止してくれ、といふわけなの。それを聽いた時に、私、自分が眞蒼になつたのが、はつきりはつきりわかつたわ。」

「そんなことを言つたか。」

「どういふわけでせうか、と私も強く出てやつたわ。私の方は喧嘩腰、――併し怒る方が負けるのね。嫂さんは、色々なことを廻りくどく仰有るんですけれど、結局私が貧乏な家に生れて、釣合がとれないといふことらしいの。」

「馬鹿馬鹿しい。昔の通俗小說にでもありさうなことを言ふんだな。僕だつて、僕の兄貴だつて、別にいい家に生れたわけでもないのに。」

「でも、さう言はれると、實際私の家は貧乏なんだし、辯解がましくなつて、厭な氣持がするものよ。で、私は默つてゐたの。すると嫂さんは、さういふ理窟では私を納得させることが出來ないとお思ひになつたのでせう。今度は別の方から話されるのよ。どんなことだつたかおわかりになる？」

「さあ。」

暫らく彼女は默つてゐましたが、はじけさうな微笑を湛へて言ひました。

「貴方と結婚すると、私がきつと不幸せになるから、止した方がよいと言ひなさるの。その意味、おわかりになつて？貴方のやうな浮氣な人と一緒になつたつて、長つづきはしないだらうと仰有るのよ。今まで武さんは、かういふ戀愛をした、ああいふ戀愛をした、と、一々詳しく説明なさつたわ。だから、こんな人に一生を任せては、きつと馬鹿を見るといふ……。」

「そんなことを言つたか。それで君は……。」

少し鼻白みながら僕は問ひました。

「さあ、何て言つたでせう。當ててごらんなさい。」

いたづらつ兒のやうに眼を圓くして、口を尖らせました。

「私、かう言つたの。――それはみんな、宇野さんから聽いて承知して居ります。その外にも、もつと澤山話してもらひました。宇野さんは、私よりずつと年上なんですから、今までにさういふことがちつとも無かつたとは考へられませんわ。もし、さういふ經驗を持つたことがいけないとすれば、宇野さんは誰とも結婚出來ないわけですわね。――私、さう言つてやつたの。」

「ふむ、なるほど、中々うまいことを言ふもんだなあ。それで嫂さんは、どう言つた？」

「それつきりなの。でも私、別れてしまつたら、急にさびしくなつて……。もう駄目だと思つてしまつたわ。それで泣いたりして、ごめんなさい。」

「そんなこと位で參つちや、駄目だぜ。嫂さんを閉口させたファイチング・スピリットをいつまでも持ち續けて行からうちやないか。僕たちのことは僕たちで處理しよう。外からの意見で、どうつていふことは無い筈ぢやないか。」

「さうね。本當に貴方が、その氣でゐて下されば、私も心强いんだけれど。」

「それを疑ぐるのかい。」

「疑ぐらない。でもね、世の中には、色々なことがあるんぢやないかしら。私たちだけの考へだけぢや、駄目なこともあるんぢやないかしら。」

「そんなことはない。」

と僕は强く言ひ切りました。葦枝は暫らく考へてゐましたが、ふつと思考を轉じたと見えて、含み笑ひをしながら、

「ねえ、貴方の嫂さん、何だつてあんなにむきになつて反對するんでせう。ひよつとしたら、嫂さん、貴方が好きなんちやない。」

「馬鹿。」

と僕も笑ひ出しましたが、心の中で葦枝の賢《さか》しさに驚きました。

結局その晩は、兄たちの反對を押し切つて行動するのも困難だから、暫らく様子を見ようといふことに落着いたのですが、むしろ雨降つて地固まるで、二人とも明るい感情で別れました。

或は、この晩は、二人の最も幸福な瞬間であつたと言へるでせう。

第十一信

自己を知るといふことは、ソクラテス以來哲學の出發的な課題であり、また究極的な課題であつたやうに見えます。自己を本當に知り盡すことが出來たなら、それは大したことでせう。併し勿論、この「自己」とは、外界から全く切り離された抽象的な個人でないことは明らかです。自己を知ることは、同時に他を知ることであり、歴史的現實の一切を知ることでなければなりません。つひには自己を止揚して、個が全體の中に解消し、全體の中で個が如何に充實するかを見究めることでなければなりません。それは至難の事柄に屬します。それだから、この課題は永遠なのであります。

個人の精神史は、何らかの意味で、かうした過程を實證するものであり、文學に於て教養小説《ビルドウング・ロマン》と呼ばれる種類のものは、それを文學的形象化を通じて表現しようと企圖したものだといへます。それは我々にとつて興味あるものですが、また「我等いかに生くべきか」といふ人生論的問題について、時代的被制約性を持ちつつも、解決の或る型を示してくれるといふ點では、單なる興味以上に、有益な示唆を與へることは言ふまでもありません。かうした自己分析の系列は、ドイツ文學にひとつの傳統を形づくつてゐます。ゲーテの「ウィルヘルム・マイスター」を冠冕とし、ドイツ浪漫派の諸星によつて鏤められた花環は、降つてトーマス・マンやヴェルフェルにまで達してゐます。これはバルザックやドストエーフスキーの全體的な社會小説とは對蹠的なもので、文學の本道とは言へないかも知れませんが、存在價値は充分に認められると思ひます。

明治以來の近代日本文學の中に、「私小説」といふ流れがあり、最近特に再び氾濫し始めたやうですが、何かそれを右の傾向と類似するもののやうに見る説があるやうですけれども、それは取り違へだとされねばならないでせう。作家自身の經歴なり心境なりを、そのままに書き寫さうとし、卑俗なリアリズムに墮してゐる場合が多いやうです。教養小說の正統は、みな理念を持つて居ります。そして、この理念は、優れた例にあつては、單なる個人的なものではなくて、時代的な或は全體的なものに高められて居ります。さうした理念は、日本の「私小說」にあつては、よしんば缺如してゐるとはいへなくとも、程度の低いものに終つてゐると言へないでせうか。

殊に、所謂「私小說」にあつては、自己分析が動もすれば、平板な自己滿足か、又は徒らに深刻ぶつた自己嗜虐に陷つてゐるかのやうに見受けられます。自己嗜虐は、目標を失つた現代知性人に普遍な傾向であります。この否定的な傾向は多くの意味を持ちません。さうかといつて、自分を甘やかした自己滿足的な「私小說」も、理念の低さに墮ちるものが多いのです。

教養小說は、「私小說」と同樣に、必ずしも第一人稱小說ではないでせう。併しそれは、作家の精神的生活體驗に基いて構築されるといふ意味では、第一人稱小說に外なりません。ただ、それは主觀的な饒舌ではなくて、バルザックやドストエーフスキーの描くところと充分拮抗するに足る客觀化された文學的創造でなければならないのです。從つてそれは、正しい意味での第三人稱小說に一致するものでなければならぬでせう。

さうした意味での教養小說が、「私小說」の傳統を止揚して、日本に生れることにも意義があるのではないかと思はれます。

なほ考へなければならぬのは、教養小說は個人の精神生活を通じての人類的理念を描かうとするのですから、必然に理想主義的であり、また浪漫主義の精神的色調を帶びるやうになります。その傾向は、「ウィルヘルム・マイスター」にも、「ヒュペーリオン」にも、或はロマン・ローランの「ジャン・クリストフ」にも見られます。僕は文學の本道がリアリズムであるといふことに些かの疑ひも持ちませんが、併し最近のリアリズムが、精神の萎縮と卑俗な寫實の中に行き詰つてゐる現狀からして、理想主義と浪漫主義の新たな昂揚が、窮地に陷つた現代文學の活路を示すひとつの指標となり得ることを信じます。教養小說の新らたな體型が待望されるゆゑんであります。

そんなことを考へながら、僕はいま、齒にしみ通る秋の麥酒を傾けてゐるところです。ビヤ・ホールの騷擾の中に、我我の卓だけは至つて靜かなものであります。詩人の石澤圭吉と、評論家の大野吾一、――いつもは談論風發して盡きるところを知らない連中が、もう話し疲れたのか、それとも僕が默つてゐるのに釣りこまれたのか、頰杖をつきながら、煙草ばかりふかしてゐます。

少し紅さのまじつた髭を鼻下に生やして、黑いロイド緣の眼鏡を掛けた石澤の風貌は、ちよつと日本人離れがしてゐます。彼の本職は新聞記者です。大野は、色こそ黑いが、豐頰に美青年の面影を未だに殘してゐます。彼は或る官廳の下級官吏なのです。我々は、もう十年以上も一緒に、詩の雜誌をやつて來た仲間です。僕は彼等と會ふたびに、純粹なよろこびを感ずるのが常です。

石澤が、眼鏡越しにじろりと僕を睨みつけるやうにして言ひ出しました。

「宇野は默つてばかりゐるな。一體、君は默つてゐる時には、何か考へてゐるのかい。」

「そりやあ、考へてゐる時もあるし、考へてゐない時もある。併し、正直にいふと、俺は何にも考へてゐないことが多いな。アミエルなんぞは、しよつちゆう何か思索してゐたらしいが、俺にはああいふ藝當は出來ない。考へようと意識して努力するから、何かが考へられて來る。ふだんは空《くう》の空なるもので、ろくでもないことが、連絡なしに心の中へ入つて來て、すぐ消えてゆく。どうしても思索人といふ型ぢやない。」

「俺もさうだ。」

と、あまり酒の飲めない大野が、新しい煙草に火を點けて、口を挿みました。

「論文を書くにも、細部《デテール》はもちろんだが、全體の構想が、前以て整頓されてある、――それから彫刻を削り上げるやうに手を入れてゆく、といふやうなことは、まづ無いね。まづ題を書く、それから一行、何か思ひついた冒頭《まくら》をつける。二枚三枚と書いてゆくうちに、考へが浮んで來る。書きながら考へてゆくのが習慣なんだ。これは感心したことぢやないがね。」

「うん、確かによくないことだな。論文と詩は違ふかも知れんが詩では書きながら創造してゆくといふことは出來ない相談だ。感じて、考へて、苦しんで、――最後に僅か數行の、それも不滿足な奴が、鑛滓の中に結晶する。俺は几帳面な人間ぢやないから、評論など書くのは至つて苦手《にがて》だが、評論家も同じやうな苦勞をするだらうと思つてた。それが、君のやうにみんなアナーキーな方法をとつてゐるとすれば、ろくでもない評論しか生れないのも無理がないて。」

石澤はにやにや笑つて、こんなことを言ひました。

「毒舌、毒舌。」

と大野は苦笑しましたが、いつも悠揚として迫らない態度を失はぬ彼は、我々を等分に見据えて、話題を轉ずるのでした。

「だが、みんな成長したものだね。おとなになつたといふ意味だよ。十年前のことを考へると、おかしくなるねえ。」

「確かに。」

と、石澤は薄ら笑ひを浮べながら、瞬間の懷舊に眼を細めました。青春時代の、野望に滿ちた饗宴が、回想されて來たのに違ひありません。

「だが、我々はあまり變つてゐないね。」

これは僕の發言です。

「お互ひに見馴れてゐるからさ。振り返つて見ると、山や谷がずつと續いてゐるよ。背後には歴史があるし、現在は複雜な生活の組み合せだ。我々は十年一日の如し、ぢやなかつた。」

「宇野が言つてるのは、僕等の精神が出發點から變つてゐないといふ意味なんだらう。それならわかるやうな氣がする。同じ頃の連中は、或る者は詩や文學や政治的野心を殆んど諦めて、市井生活に落着いてゐるし、或る者は世間的に名聲を確立した。僕等はそのどつちでもないが、あの當時の氣魄はまだ持つてゐるやうだね。」

「そして、多少成熟して來た。」

と石澤は語を添へました。

「僕等の年代の者は、とにかく素晴らしかつたな。」

「おいおい、あまり自惚れるんぢやないぞ。」

「いや、さういつてよいと思ふよ。色々な苦勞をしたし、勉强もした。今の若い連中は實にだらしがないからなあ。」

「若い連中は、俺たちをだらしがないと言つてるぜ。」

と僕が言ひました。僕も大野と同じやうに、もはや古い世代となりつつある我々の年代について、或る自負を持つてゐることに變りはありませんが、同時に新しい世代——二十歳代の連中を可なり知つてゐるだけに、一種の同情と畏れとを彼等に對して感じてゐるのです。

「隨分功利的にはなつてゐるな。俺たちのやうな馬鹿はゐないやうだな。喫茶店で文學を語つてる學生などには、齒の浮くやうなのがある。」

石澤も新しい世代には好意を持つてゐないやうです。

「俺たちも、同じやうなものだつたのさ。その頃の先輩から見たら、齒が浮くやうな言動をしてゐたに違ひない。」

「宇野はどうも、若い連中に同情的だね。」

「女の子とばかり、つき合つてゐるからだらう。アッハハハ。」

と、石澤は豪快な笑ひで吹き飛ばしましたが、すぐに眞摯になつて、

「併し、古い世代と新しい世代の問題は、重大だね。國家の運命を決定するといつてもよいね。俺たちも隨分だらしがないが、また誇つてもよいものを未だに保存してゐる。若い連中は、一見だらしがないが、未知のXを持つてゐる。その間に斷層があつて、お互ひに交渉が無い。それがいかんといふのだ。」

「公正なる敵意と、溫い協力があると、兩方とも進歩するんだが。」

「その通り。大野はうまいことを言ふ。やはり評論家だけのことはあるなあ。」

「おい、さつきは悪口言つたかと思ふと、今度はお世辭を使ふのか。」

「まだ覺えてゐたか。口は禍の門だね。」

みんな笑ひました。

急に石澤が考へこみ、鉛筆をとり出して、紙ナプキンを睨んでゐます。彼が、かういふ態勢をとると、詩が出來るのが常です。僕と大野は、彼をほつておいて、自分たちだけで話を始めました。

「いそがしいかい。」

「うん、何しろ人手が足りないからね。僕の方の編輯部でも一人出征したし、一人は過勞で體をわるくして、二月以上休んでゐる。その補充がつかないので大變さ。」

「君は軍籍の方、どうなんだ。」

「未教育の補充兵だが、そのうちに召集されるだらうと思つてゐる。色んな仕事が中途半端になつてしまふことを考へると、殘り惜しい氣もするが、そんな個人的なことを言つてゐる時節ぢやないからね。」

「實際、歷史的な時期だな。併し、二年前、いや一年前にさへ、こんな大きな展開があるとは誰も豫想しなかつたと思ふ。」

「おい、何を眞劍に話しこんでる。」

と、石澤が呼びかけました。皺くちやな紙ナプキンの上には、數行の詩が書き終へられてゐました。彼はそれを大野に渡すと、大野は讀み上げます。

「汝ら灰いろの族よ
知れりや
人生は薔薇《ばら》に滿ちたるを
且つ
悲哀は風雨の如く
夜の窓を敲《たた》くことを。」

読み終つて大野が言ひました。

「稍古風だね。」

「しつぺい返しをやられたな。批評家の惡口は言ふもんぢやないなあ。」

「でも、いいところもあるよ。」

「益々いけない。そんな慰めるやうな言葉をきくと、俺はしよげて來る。さあ、出掛けよう。ほかへ行つて愉快に話さう。」

我々は立ち上りました。友情に胸が膨らむのを感じながら、晩秋の夜氣が肌にひたひたと寄せる街路へ出てゆきました。

明日は明日の生活……。

第十二信

葦枝と會つたあの晩、なぜ僕は兄夫婦の反對を推し切つて、家を出てしまはなかつたのでせう。今となつては、その時骰子を投じなかつたことについての悔恨が、胸をぎりぎりと嚙みます。が、その後の過程を振りかへつて見ると、結果においてはよかつたのかも知れません。葦枝が僕を捨て去つたのは、兄夫婦の反對が因をなしたのではなく、白井といふ靑年が現はれて、二者擇一のヂレンマに陷つた後のことだからです。併しこれも、僕自身の怯惰に對する自己辯解に過ぎないでせう。葦枝が白井に傾いたのは、兄夫婦の反對に影響されて優柔不斷な態度をつづけてゐる僕に見切りをつけたからに違ひありません。

事實、僕はあの晩、强く生き拔かうと葦枝を勵まし、自分をも勵ましたのでしたが、十歳も上の、その上長い官吏生活から來た威嚴を備へてゐる兄、——父亡きあとは親代りになつてゐる兄に楯つく勇氣がありませんでした。次の日曜の朝食卓に向ひ合つたときも、その問題には觸れませんでした。

生活の問題もありました。當時僅か六十圓の月給をもらつてゐた僕が、兄の家を出るとなると、たとへ華枝が外で働くとしても、らくに暮してゆけるとは思はれませんでした。或は華枝と結婚したことがわかれば、僕も社をやめなければならぬかも知れないのでした。ところが現在は、金錢に几帳面な兄が、食費として二十圓を家に入れさせてゐるとしても、生活上の心配は無かつたのです。嘗ては放浪時代に食ふや食はずの生活をして來たことのある僕も、落着いて來ると、その小じんまりした暖い寢床を飛び出すことが臆劫に感ぜられました。（卑俗な現實主義！）

「時期を待たう。」

その「時期」は河流のやうに、慌しく過ぎてゆき、足もとの砂は、次から次へと洗ひ去られてゆきます。社會の片隅に誰にも知られず營まれてゐる我々の小さな生活にも、絶えず潮は干滿してゐます。而も、もつとも內奥の個人的精神生活さへ、歷史の運行と沒交渉に同心圓を描いてゐるわけにはゆかないものです。時は恰も、靜穩だつた大洋に壯絶な龍卷が蜿起した歷史的瞬間でありました。最初の渡洋爆擊が行はれ、上海上陸作戰が戰はれ、矢繼早に南京攻略が實現するといふ、——發展のテムポが極度に壓縮された瞬間でした。かやうな時に平行して生起した二人の愛情にも、そのあふりが加はらずには居なかつたのです。

冬近い或る日、その日は休日でしたが、兩國驛で落合つた僕と華枝は、どこへ行くといふあてもなかつたので、何だか海を眺めたくてたまらない僕の氣持から、船橋へ行つて見ることにして、電車に乘りました。船橋で降りるまで、二人は默つてゐました。

新開地といつた感じのする、寒い風の吹き拔ける粗末な街路を暫らく步いてゆくと、やがてごたごたした漁港風景が眼に入つて來ました。低い木造の家が密集し、溝川には汚泥が臭氣を放ち、動かない小舟の上に、子供たちがこんなにも居るものかと思はれるほどひしめき合つて遊んでゐました。併し、僕が隨分長い間嗅いだことのなかつた潮の香が、ぷんと鼻を衝いたときには、さすがに懷しい氣持がしました。

僕は山が好きですが、海も好きです。海は扁平で、深く、廣く、未知のものを藏してゐるので好きなのです。船橋あたりの海岸は、灣の奥ですから、海とはいへない位のものですが、それでも數年間大都市の中に閉ぢこもつて生活してゐた僕にとつては、久しく見たことのない海に行くといふことは、限りない鄕愁を誘ふものがあつたのです。

しばらくあたりを見廻しましたが、二人連れで腰を下ろして休めるやうな、砂地などはありません。家並の盡きるところは、殆んどすぐに海に續いてゐて、僅かな岸邊には曳き上げられた漁船と、薄日に乾かしてある網が一ぱいに塞がつて居ります。そこで、町はづれと思はれる方角へ足を向けました。狹い道を幾曲りかして、次第に僕等は津田沼の方へ近づいて行きました。

「××住宅地」といふ柱が立つてゐる殺風景な空地には、もう殆んど枯れ終へた雜草が、凸凹のある土塊にこびりついてゐました。そこまで來ると、背後の丘陵に洋館が立つて居り、白埃の立つ街道にところどころ民家があるだけで、あたりは蕭條たるものです。時々軍用トラックが地響きを立てて疾驅し去ります。

その空地——といつても隨分廣いのですが——を橫切つてゆくと、低い堤の向ふに鉛色の灣が見えます。波は靜かで、遠淺らしい海面には、可なり先の方にまで釣師が入つて、腿まで浸しながら、釣竿を垂れてゐるのが幾人もゐます。さぞ冷えることだらうと思はれます。

ところで、その堤の上に立つたとき、僕等の眼に妙なものが映りました。道に沿うて、割箸や、その位の大きさに切つた竹木に、白い紙を貼りつけたものが、數限りもなく立てられてゐるのです。それは確かに、小さい旗に違ひないのでした。よく見ると、その紙には字が書いてあります。雨に打たれて消えたものもあり、まださう古くないのもあります。みな「祈武運長久」として、そのわきに出征者と思はれる名前が記されてゐます。平凡な、漁夫や農民らしく思はれる名前ばかりです。靜かな初冬の午後、他にやつて來る人も無い海近くの草原に、割箸の旗だけが、寂しい生き物のやうに列をつくつてゐるのです。無事を祈る遺家族の心境が、強く強く迫つて來ます。僕は、シングの「海へ騎り入る者」の舞臺的寂寥が、ふと聯想されて來るのを感じました。

直ぐ下は、波打ち際で、僅かの砂地は濡れて居り、打ち揚げられたごみで滿たされてゐるので、僕等は降りてゆくのをやめ、その堤の上の枯草に腰を下ろしました。雲洩れ日が時々葦枝の汗ばんだ額に當りました。海の向ふに、東京はぼんやりとして見えませんでしたが、靜かな煙塵はその所在を示してゐました。

割箸の旗の不思議な印象は、僕をしつかりと捉へて離れませんでした。僕は、葦枝の眼に凝《じつ》と見いりながら言ひました。

「僕もいつ、召集になるかわからない。行けば歸つて來れるかも知れないし、歸つて來れないかも知れない。それでも君は、待つてゐるか?」

葦枝は、すぐには返事をしませんでした。僕は、必要以上に敏感に、その僅かな「間」をいら立たしく感じました。併し彼女は、それを意識したのでせう、——幾分媚びるやうな調子で、

「待つてるわ。貴方が歸らない、なんてことはないと思ふわ。だつて、まだ貴方は、これから澤山自分の仕事をなさらなければならないんですもの。」

「併し、個人の仕事と、國家の運命は、別のものなんだよ。誰だつて、やりたい仕事を持つてるんだ。併し一旦戰線に立てば、自分のいのちを、もつと高いもののために捧げ盡さねばならんのだ。」

「それはさうよ。でも、貴方の仕事が、國にとつて役に立たないとは言へないでせう。」

僕は彼女がどういふ氣持でそれを言つてゐるか、察しないでもなかつたし、そこに可憐な心情を見ないわけでなかつたのですが、もし自分が出發した後に、彼女は自分を守り通すだらうかといふ問題になると、その言葉に微かな不安を感じないわけにはゆきませんでした。

「兵士は妻を持ち、戀人を持つてゐる。併し彼等は行く。妻や戀人は、その歸りを待つ。きつといつまでも待つてゐるに違ひない。ねえ、僕等もさういふ風にしようね。」

子供をあやすやうに言つてみました。

「だつて、それはいつのことかわからないでせう。それまでは、そんなに先走つて考へることはないと思ふわ。もし、その時になれば、私だつて日本女子ですもの、ちやんと覺悟をきめますよ。」

「日本女子』といふ言葉が、軍歌にでもありさうないかつい、そのくせ可憐な感じを與へたので、僕は微笑しました。そして話を打ち切りました。

その日、僕たちは、實に多くのことを語り合ひました。暮れ早い冬の日が終つてから、漸くその堤の上を離れました。

（以下次號）

眞田幸村と七人の影武者

（戯曲）——三幕

中野秀人

第一幕、第二幕を通じての主なる登場人物

第一の影武者（伊藤圍右衞門）
部下の足輕（御宿勘兵衞）
鎧武者　數名
第三の影武者（木村助五郎）
野武士
少年
冑を冠つた武者
冑のない武者
鄕士（二宮太左衞門）
捕方の武士　數名
輕卒　數名
最後の影武者（穴山小助）
武者　數名
兄の淸海（三好淸海入道）
弟の僞三（三好僞三入道）
眞田幸村
眞田大助

（其他）

第二幕

第一景

大阪城内幸村の居室に續く廣間。正面奥に床間、武具、甲冑の類。左右は壁、板戸によつて仕切つてある。城壁を越えての外光が、前面廊下を横切つてこの室內に明暗を與へる。——幕が揚がると、輕卒の者三名が、脫ぎ捨てた衣類、膳部などを片付けてゐる。

輕卒の一　彌七の奴うまくやりやがつたな。

輕卒の二　どうして？

輕卒の一　奴、內緒の使ひだとか何とか言つて、うまく娑婆の風に吹かれに行きやがつたからさ。

輕卒の二　お前も娑婆の風が戀しくなつたのか？

輕卒の一　うん、血、汗、火藥の臭ひ、それにどうしてから芥が溜るんだらう？　殖えるものは芥と、蝿と鼠ばかりだ。これはまつたく別世界だよ。

輕卒の二　戰爭は愚痴を言ふ場所じやないよ。

輕卒の一　愚痴を言ふわけじやないがね、これは長過ぎるよ。

輕卒の二　ふん、冬の陣も知らない癖に、まだこれから何年續くか分りやしないんだぞ。だが、そのうちに、凱旋となりやあ。

輕卒の一　誰が凱旋するんだね？

輕卒の　馬鹿！　つまり、大阪方の勝利にきまつてゐるじやないか、この前だつてさうだ、俺達は何處に行つても大もてだつた、祿高なんか問題じやない、それに今度は……

輕卒の一　今度はもつといゝことがあるつて言ふんだね？　俺には、そいつが怪しいと思ふんだ。俺ばかりじやない、俺達の仲間だつて、隨分いろんなことを言つてゐるからな、最近は大將どころの討死が隨分多いじやないか、それに七人の眞田幸村が討死したつてのは本當ださうじやないか、もしいゝことがあるとするなら、そんなに、討死する筈はないと思ふんだ。

輕卒の二　そりや、責任のある偉い武士達になりや、俺達とは話が異ふよ、ただ勝つばかりでなく、義理だとか、名前を殘すことだとか、釣合ひだとか、死場所だとか、いろいろ考へなくつちやならん。

輕卒の一　さういふものかな？　勿論……それにしても、俺達には分らんことだ、俺達の考へとは程度が違ひ過ぎる……

輕卒の三　(仕事をやめて仲間に近づき) 俺は、この話には、何か秘密があるに違ひないと思ふよ。俺の部屋の連中ときたらもつぱらそれを評判にしてゐるんだ。

輕卒の二　何を？　何を評判するんだ？　俺達は、ただ命令された通りにしてゐりや宜いんだ。

輕卒の三　戰爭に關することはさうさ。だが、これは、一寸、まつたく違つた話なんだ。

輕卒の二　何の話が？

輕卒の三　お前達の方じや、まだ聞かんのかね、つまり、その、七人の影武者は、死んじやゐないらしいと言ふんだぜ……

輕卒の二　そんな馬鹿なことがあるものか。

輕卒の三　それなんだよ、ところがね、七人の影武者が、昨日の夜、竝んで、この部屋を通つて、眞田幸村の寢室の方に行くのを見た者があると言ふんだ。

輕卒の一　ほほう、それは初耳だ、だが、そんなことが有り得るだらうか？

輕卒の三　俺は、さつきから、この疊のところを注意して見てゐるんだけれど、ほら！（疊の上を指す）こゝんとこに、新しい血の痕があるだらう、それから、むかうにも、ほら、少しづゝ、板戸の方に段々殖えてゆく、これは、部屋の方に大勢の者が通つていつた足跡に相違ないぞ、いや、これは、どうも、俺は、半信半疑だつたんだけれど……（腰を落し疊に見入る）

輕卒の二　それは、前からあつた血の痕じやないか、出丸の總攻めのあつたときの、あの激戰の後で……第一その色をよく見ろよ、昨日今日附いた血の痕じやないぞ……お前、大方、そんな幽靈話を話かされて、嚇かされたんだらう？

輕卒の三　（しやがんだまゝ二人を見上げ、首を振る）　幽靈話なら、他にいくらでもあるよ。そんなものを俺達が怖がつて居れるかね……もし、七人の影武者が、生きて歸つてきたんだとすると、やつぱり、それは、本當の眞田幸村かも知れない……

輕卒の二　お前少し頭が變だぞ、眞面目くさつた面をしやがつて……そんなら、その七人の影武者が何處にゐるんだい？何處に匿れてゐるんだ？　もし生きてゐるとするなら、出て來さうなものじやないか？

輕卒の三　お前は、何にも知らんからそんなことを言ふのだ……もつとも、これは餘り大きな聲じや言へないがね、影武者が眞田幸村に近づくと、そのまゝ、すーつと、そのなかには入つてしまふんださうだ。昔からも、似たやうな話があるじやないか、毘沙門天樣に、斷食の願をかけて、呪文を授かると……身體が幾つにも見えて、一人は劍を持ち……一人は……

輕卒の一　そいつは、嘘か本當か知らんが、霧隱才藏の口だね、だが、ことによつたら、國體で忍術みたいなことをやつてゐないとも限らんさ。なにしろ、これだけ大きな城になれば、何か、特別の仕掛けが……

輕卒の二　（相手を遮ぎり）おい、おい、お前達は二人ともどうかしてゐるぜ、影武者が討死したのは今度が始めてじやないぞ、現に淺香鄕右衛門なんて、みんな四十八將の内の一人じやないか……そんなことを言つたら、眞田幸村だつて誰かの影武者になつてしまわ、誰かとは一體誰だい？　みんな、上つ方の作法を知らねえ、下郎仲間の作法よ。

輕卒の一　それは退屈まぎれに、いろんなことを觸れ廻らんとは限らんな……俺にしたつて、いろいろな事を考へさせられるから……だが、影武者が出るなんて、餘りいゝ兆候じやないと思ふんだ、ことによつたら、戰爭が餘り思はしくない……

輕卒の二　馬鹿！　お前が何を知つてゐる？……眞田幸村のやうな偉い人になると、何しろ、お星樣を見ただけで、先にある運勢のことが分るんだ。そりや、影武者にしたつて、七人が七人とも死んだわけじやないかも知れんさ……眞田幸村の使ふ鐵砲のうちには、そのなかから蛇だの百足だのが這ひ出して、相手の首に卷きつくのがあるつて言ふじやないか……吾々には、考へもつかない謀事があるんだ、どの道、大阪方に敵ひつこありやしないよ。

輕卒の三　俺の方の組の組頭が、さう言つたんだがな、眞田幸村は分身するんだつて、つまり、身體が幾つにも分れて、それが一つ一つ同じやうな顏形を整へてゐて、お互に助け合ふんださうだ、さういふ人物といふものは、千年に一度位ゐしか生れるか、生れないか……しかし……

輕卒の一　結局俺達には、何にも證據があるわけじやないんだから……第一、一ぺんや二へん戰場に出てみたところで、何處がどうなつてゐるんだか、分りやしないんだからね……だが、證據と言や、御宿勘兵衛が腹を切つた話はどうなるのだね、御宿勘兵衞なら、俺にしたところでよく知つてゐる……ほら、勘兵衞が死んでゐるところを見れば、やつぱり七人の影武者が死んでゐるんじやないか？

輕卒の二　違げえねえ、そりやその筈よ、だが、奴偉いことをやつたもんだなあ、まさか俺は……

輕卒の三　（殆ど同時に）さうだ！　さうだつたなあ、そいつを勘定に入れるのを忘れてゐた……だが、あの男、なんだつて追つかけて腹を切つたんだらう？　譜代でもない癖に？

輕卒の二　それが影武者の影武者たるところさ……誰か供をして死ななきや、影武者の値打が出てこねえ、それで、さうだ、あれは伊藤團右衞門の手で出陣したんだから……その首を貰つて……ほら、誰にしたつて眞田幸村が戰死したと思ひ込むじやないか……

輕卒の一　みんなの話では、影武者よりも以上の手柄だつて話だが、俺には、到底その氣持は判らんな、自分で自分を、謀事の道具にしてしまふんだから……もつとも、謀事となりや、さういふものかも知れん、あんな男が大膽になると、思ひ切つた眞似をやるから……どうせ、死ぬ氣なら……

輕卒の三　眞田幸村と七人の影武者、七人の影武者と御宿勘兵衞……こりや、どうも、いよいよ何かおつ始じまるんだね……俺達の知らないところで、秘密の、大がかりな戰爭が運んでゐるんじやないかな……さうするといよいよ分らんねえ、俺達にしたつて、御宿勘兵衞にしたつて、七人の影武者にしたつて、結局、みんな、同じこと……俺は幽靈なんか怖くないが……まさか、いや、眞田幸村といふ人がゐる限りは……

輕卒の二　……誰かに聞いてみたいんだが、俺達の仲間じや、鮨詰の鮨も同じことで、似たりよつたり、それかと言つて……別に變つたお觸れも出ないし、軍隊が繰り出してしまつた後で、ただ待つてゐると、急にがらんとして、なんとなく……

輕卒の一　そらね、婆婆の樣子が知り度くなるだらう？

輕卒の二　お前じやあるまいし、だが、氣を引締めてゐると、自分では知らなくともつい疲れが出るんだな、だから前祝ひに一杯やらかして置くと丁度いゝんだ……お前達は、勝戰さのこつといふものを知るまいが、前祝ひに、こつそり一杯ひつかけて置いて、仰向けになつて、天井の二隅が、足で踏み脫けるやうな氣がすりや、間違ひつこなしだ。

輕卒の一　そいつは、また奇妙な占ひだ。で、天井のない場合は？

輕卒の二　天井がなくなるほど醉やしねえ、ほんの、一寸、機嫌直しといふ程度でな……

輕卒の三　俺にもし醉へるとするなら……俺にだつて故鄕があるんだからな、中途半端な醉ひ方じや足りない……でも、もし醉拂つてしまつて、失策りでもやらかすと、いけねえ、俺は戰爭が濟むまでは、飮まないと誓つてきたんだから……それに、俺は自分で自分に安心がならねえ、もし……

輕卒の二　お前達はみな、女《あま》つ子なしじや飮《や》れねいんだらう。それなら、奧の、え、女中衆の……これだつていふ話じやないか？（手で遠眼鏡を作つてみせる）まあ、奧の勤番を願つて出るんだな、さうすりや、同じ幽靈にしても、も少し……

輕卒の三　暗い廊下、狹い階段、重病患者、釘付けの部屋……尙心細くならあ、俺は、みんなが苦勞してゐるときに、それに女中衆にしたつて、やはり……

輕卒の二　おや、おや？

輕卒の一　おい、誰か歸つてくるらしいぞ、早く片付けてしまはないと……（仕事にかゝる）

最後の影武者（穴山小助）、其他數名の武者、廊下傳ひに登場、輕卒の一と二、殘りの膳部を運んで退場。

武者の一　家康はいよいよ平野に陣を据えたらしいな。

武者の二　うん、御宿の仕上げで、七人の影武者の謀事が圖に當つたらしい。

武者の一　御宿は宜いことをやつた、これでなくつちやならんのだ。

武者の二　これだけ手繰りよせて置いて、討つんじや、十中の七八はこつちのものさ。

武者の三　むかうは、兎も角、八十萬に近い大軍だ……どうしても、始終の歩はむかうにあるわけだが、これが、ひつくり返るところに戰爭の妙味があるんだ。

武者の一　なにしろ、七人の影武者は、敵味方の眠氣を覺ましたらう、これで、大野兄弟や、淺井周防守は押込め同樣な目にあつてしまつたし、大奥の方だつて薄氣味惡いぞ……

武者の二　うん、女子供や、差し出口をする奴がゐなくなれば、後はさつぱりして、本當の恥を知る男の世界だ。

最後の影武者　（輕卒の三に）おい、その毛皮をとつて與れ、（熊の毛皮の上に坐り）ときに、幸村殿はまだお目覺めじやないかな？

輕卒の三　私は一向に……

最後の影武者　行つて、ちよつと樣子を見てきて與れ……ただ、それだけで宜いんだ。

輕卒の三　はい、かしこまりました。（右手板戸を開けて退場）

武者の一　（鎧の上帶を弛め、坐る）ときに、もう、出して置いた斥候の者が、誰か戻つてきさうなものだが……

最後の影武者　今度は愈々、九度山組の決鬪だから、みんなもその積りで、思ひ殘しなく戰ふんだ……だが、先駈けや犬死は嚴禁だぞ、どこまでも勝負を捨てないことだ。一人一人が幸村殿の身代りと思へば、助け合つて、我身を粗末にしないことだ。九度山組が、やけ戰さをしたとあつちや、末代まで名折れだからな……

後れて一人の武者登場。

後からの武者 （穴山小助の前に片膝を突き）あの、靑木民部小輔は、やはり玉造口から落とさせるのでせうか？

最後の影武者 さうだ、で、玉造口の戰ひは始つてゐるかな？

後からの武者 はい、大分激しくなつて參りました。

最後の影武者 それでは、早く下知を傳へて呉れ。

後からの武者 はい。（退場）

武者の一 落とさせる？

最後の影武者 うん、それが、井伊掃部頭の陣に取付くには一番手近なのだ、笈川が萬事心得てゐるので、大御所の本陣を内から崩させる計畫さ、千姫に逃げられたつてちつとも惜しいことはないからな、敵の裏をかく方法は幾つにも構へてある。

武者の一 なるほど、さういふ手があつたんですね？

最後の影武者 謀略の畏は、あつちにも、こつちにも構へてある、だから、靑木民部小輔が敵方に内通してゐるのを知らん顏して、千姬の守護役を委せてあつたのだ。だが、笈川を始め、部下はみなこつちの側の者ばかりさ……かうした仕組は今はじまつたことじやない、黑門口の戰ひにしろ、出丸の總攻めにしろ、みな理詰めで、用意周到で、完全に敵を追ひ崩す……それなのに、運が開けない……も一ぺん、も一ぺんだ、なんとかして……殘念ながら命が一つぢや足らんよ。

武者の二　これが始めから、軍師の思ふ通りになつてゐたとしたら……

最後の影武者　うん、宇治瀬田の間で戰ふといふ筆法でいつてゐたならばね……だが、それは出來ないことだつた、なんと言つても、烏合の衆と、一人よがりの連中とを統帥するのでは……はじめは、ただ、空景氣で、それを、こゝまで、この戰爭を持つてきたのは、容易なことじやない、流石に、幸村殿なればこそ、出來たことで、たとへ、これが……

武者の一　吾々の名譽は、吾々が潔ぎよく戰つて死ぬことですね、日頃の御恩の萬分の一にも酬ひることが出來れば、たとへ、勝敗はどうあらうとも……

最後の影武者　さうだ、みんなでこれだけ命がけになつて、その氣持が誰かに通じれば、これは弓矢の神にも通じて宜いわけだよ……だが、これは、もう人間業ではないな、幸も不幸も、勇者も怯者も、敵も味方も、もう普通の判斷を通り越してしまつてゐるんだ、こんな戰爭が二度と再び地上で繰返されるものじやないよ。

三好清海入道、同爲三、左側板戸を開けて足音荒く登場。

兄の清海　おい、穴山、お前は酷いぞ、何時になつたら、この俺達老武者に、死場所を作つて呉れるんだ。俺達老人を殘して置いて、お前一人が次の影武者になるといふ手はないぞ。

最後の影武者　偉い人ほど後に控へてゐるもんだ。

兄の清海　おい、俺達は先がないんだ。それは、お前の方が家柄から言つたなら、一枚上だがな、しかも老人に花を持たせてやるのが當り前じやないか？

最後の影武者　そんな無茶なことを言つたつて……みんな、幸村殿の計らひなんだから……それに不服を言ふとは……

兄の清海　不服を言ふよ、おい、頼むから何とかして呉れ。

弟の爲三　さうだ、これはお賴みするんだ。みんなに死に後れて、どうしようつて言ふんだね、若い者と違つて、こつちは生恥を掻くんだからな。

最後の影武者　よく聞けよ、俺が、先に討死した七人の後を受けて、影武者になるには、なるだけの仕組が、前からしてあるんだ。戰爭といふものは、結局その分を盡しさへすれば、どんな役どころだつて、御奉公に變りはないんだ、まして三好兄弟ともあらう名譽の武士が……

兄の淸海　お說敎を聞きにきたんじやないぞ！　こんな分り切つた話はないじやないか！　俺達は何も役を望むんじやない、後廻しにされるのが腑に落ちないんだ。

最後の影武者　だからさ、それには何か深い謀事があるんだと思ふよ、君達二人でなければ出來ないやうな大事な持場がきつと取つてあるんだと思ふのだ……

兄の淸海　分らんことを言ふなあ！　俺達は先がないと言つてゐるんだ！

最後の影武者　それなら、君達の命と戰爭とどつちが長いと思ふんだ？

兄の淸海　さあ、それは……

最後の影武者　お手前だけの了簡で、先だの後だのと言はれるが、そんな事にかかはつて居られるほど、生易しい戰爭じやないだらう、第一幸村殿は何のために苦勞してゐられるのだ？

兄の淸海　おい、爲三、お前何とか言へよ、俺は、どうも、口じや言ひ負かされてしまふ……だが、決して後には引かんからな。

弟の爲三　吾々老耄れには、難しい理窟は分りません、だがまだ腕が鈍つてゐるとは思へないし、お役に立てるとき働いて置かないと、たとへ、この戰爭が大阪方の勝利に歸するとしても、後で何をもつて御奉公したら宜いんです？

兄の清海　さうだ！　それなんだ！　順序が違つちや、いかん、俺達が眞先に討死したところで、誰も文句をつける奴はありやしない……それは歳をとり過ぎてゐるから、影武者にはなれんかも知れんが、まだ若い奴に負けやしないぞ！

武者の一　御兩人は、歳のことばかり言つて居られるが、そんなことより始終の軍立の方に重きを置かないと、勝つべき戰さも……

兄の清海　默れ！　餘計な差出口を利くな！　お前等葉武者が何を知つてゐる！

武者の一　葉武者とは失禮でせう。

兄の清海　何だと？　お前この俺に……

最後の影武者　まあ、待て、君達の氣持はよく判る。だが、いづれは君達の命を貰はなきやならんのだ。この城がいつまでも持ち堪へられるものとは思はれんからな、萬が一にも運が開けるとして、天下の姿はもつと混入つた難しいものになるぞ、死に後れなんかないといふことは、この穴山小助が絶對に保證する。

兄の清海　お前に保證されてどうだと言ふんだ？　言ひくろめようと思つたつて駄目だ。お前にしても、幸村殿に口添へをして何か計らふべきじやないか？

弟の爲三　さうだ、別に我意をとほすわけじやないんだから。何とかして貰へれば、何も特別に後廻しにされる理由はないと思ふんだ。もしも、それが、吾々を勞はる積りなら、かへつて……

最後の影武者　いや、いや、さうむきになつて呉れちや困る。これは、何も俺が采配を振つてゐるわけじやないんだからな、吾々は單に同僚として、幸村殿の謀事を完璧なものにさせてやり度いばかりに、かうもあらうかと、推察して、第

――……

兄の清海　もう宜い！（憤然として席を立つ）これ以上諄くは言はん、そんなら幸村殿と膝詰めの談判をするばかりだ！

弟の爲三　でも、出來れば、何事も……

兄の清海　もう、よい！　賴むな爲三！　俺達には俺達の考へがある、行かう！

最後の影武者　一寸、待つて……

兄の清海　（振り返り）お前達は、なんぞと言ふと、謀事々々と吐しをつて……俺達老人を除け者にしようと言ふんだ。だが、戰爭といふものは、そんなものじやないぞ！　俺達は、武田家の旺なときから……

弟の爲三　兄さん、もう宜い、この上は、幸村殿に會つて……

兄の清海　さうだ、こんな手緩い連中は相手にならん！

兄弟荒々しく退場。

武者の三　偉い見幕だねえ。

武者の一　俺のことを、葉武者だと吐しやがつた。

最後の影武者　何しろ矍鑠たるもんだなあ、あれが本當の古武士だ……ときに、清海入道は幾歳になつてゐたかな？

武者の二　兄の清海が九十歳、弟の爲三が八十四歳です。

最後の影武者　かれこれ、百歳に近いな……その生涯を戰つてきたんがから、偉いものだ。

最後の影武者其他、鎧を脫ぐ。廊下越しの外光暗くなり、明暗斑。輕卒の三、右側の板戸を開けて、戻る。

輕卒の三　（立つたまゝ）誰か話してゐたのです。

最後の影武者　（振返り）どうだつた？

輕卒の三　誰か話してゐたのです、大勢の者が、坐つて、部屋のなかで……

最後の影武者　人がゐれば、話もする……それなら？

輕卒の三　（近づき）影武者？

最後の影武者　うん、俺は影武者だ。

輕卒の三　あなたも？……いゝえ、人はゐないのです。それなのに、足音が聞えます、この城のなかは、何處に行つても見知らぬ……者ばかり……

最後の影武者　貴様、臆病風に吹かれてゐるな。それで幸村殿は、お目覺めだつたか、どうか？　それを早く言へ！

輕卒の三　はい、私は、そつと、御樣子をお伺ひしたので……影武者が戻つてくるといふ話は、聞いてゐたのですけれど色靑ざめて、血に染んで……そんな氣がしました。

最後の影武者　何のことを言つてゐるのだ？

輕卒の三　私は、見たわけではないのですけれど、はい、お目覺めでした。話聲が聞えてをりました、でも、私には、とても、近づけないのです……怖ろしくて……

最後の影武者　それでよし、下れ！　お前も一ぺん前線に出てみるのだな。

輕卒の三　（影武者の前に座り）敎へて下さい、それは本當でせうか？　然し、現にあなたが……？

最後の影武者　何だ？

輕卒の三　……影武者の話です、それに、これから先何を信じて宜いか？

最後の影武者　それは、お前達には關係のないことだ。

輕卒の三　……私には、段々行くところがなくなつてしまふのです、氣持も離れ離れになつて、遠ざかつて……後に殘る、もし本當に殘るとすれば、後には？

最後の影武者　何が？

輕卒の三　その方が、戰爭よりも、重大なのです、私は、命を失ふのを恐れるのではありません……私の知り度いのは、死んでから後のことです、死んでも、生きてゐるやうな人達と、私が、どう違ふか？

最後の影武者　それは簡單なことだ、正しい行ひと、名譽とは殘る。

輕卒の三　いえ、生きて、殘つて、あの恐怖を與へるもののことです。

最後の影武者　誰に？

輕卒の三　私に、それから私達にです。

舞臺暗くなり、遠く、鐘、太鼓、法螺貝などの交り合つた音響が斷續する。

第二景

出丸内の櫓に通ずる廊下のやうな部屋。正面に低い階段があり、その上は櫓になつてゐて、星空の一部分が覗いてゐる。左手正面及び左側には白堊の壁に幾つかの銃眼。左端に引戸。右側の壁は、格子の狹間ある緩い屈折。燭臺の殘燈。前景の三好清海入道と、第一幕第二景に現れた少年とが、階段の一番下の段に倚つて眠つてゐる。少年は、時々眼を覺まし、清海入道の方を見、また眠り續ける。

兄の清海　（鼾がやむと僅に聞きとれる程度の寝言）……老人《としより》と、子供……これじや、何時まで經つても締め括りといふものがつきやしない……子供からやり直しか？　戰さごつこじやあるまいし……穴山の奴、俺をだし抜いて、影武者になりやがつたな！……（長い間）　何處かで、太鼓が鳴つてゐる……お祭りだといふのに、お前にも星を買つてやらう、それから、紙の旗と、紙の鎧と、それを持つておつ母のところに行つてこいよ……死人の臭ひのしないところへな、こんな勝戰さは珍らしいぞ……死んだ奴がみんな生き返つてくる、山の上に登つてゆく！

眞田大助一　（紅粉綾の布にて鉢卷、右側の壁に沿つて登場、階段の下から上に向つて）父上！　父上！（階下に眠る一人に氣付き）おやこんなところで眠つてゐるな、見張りをしてゐる積りか？（清海入道の肩に手をかけやうとして、やめる）よく眠つてゐる、それに、あの少年も、可哀さうに、老人と少年……（上に向つて）父上！　父上！

　大助の呼び聲に應じて、眞田幸村の下半身が、星空に描かれる。

眞田幸村　大助か？

大助　まだお休みではなかつたのですか。（階段を登つてゆく）

幸村　うん、一寸考へごとがあつたので、みんなを遠ざけて星をみてゐたのだ。

大助　（幸村に近づき）あゝ、素晴しい星月夜ですね……戰場がまる見えですよ、鳥の飛んでゆくのまで。

幸村　ときに、お前、まだ用事が殘つてゐたかな？　もし……

大助　いえ、もうあとは、明日になつて庚申堂に陣を張るだけです。

幸村　あそこに黑く塊まつて見えてゐるのが庚申堂だ、あそこから穴山の軍と楔形になつて、押せば、間違ひなく押せる……さうだらう？　だが、戰爭も愈々仕上げになつてきたから、一層大事に戰つて……

大助 私は、ただ、父上の采配を完璧なものにし度いと思ひまして……、もはや、それだけです。あとは勝つてゐるものやら、負けてゐるものやら……

幸村 いや、俺がお前の歳に上田城で籠城したときには、采配などはどうでもよかつたのだ、俺の父の昌幸殿も一緒だつたが、同じ命を縮める思ひでも、希望は一杯だつた。敗けるなどと考へたこともなかつた。それを思ふと俺は、お前にも父上にも……

大助 すれば、父上は、この戰さを覺束ないものと……

幸村 さうでもないが、いや、さういふ風に考へるべきものでないと思つてゐるのだが、お前は、まさか、この俺が萬に一を望んで、采配を振つてゐるとは思はないだらうが？　それにしては、俺は部下を殺し過ぎてゐる、そして、これからも、殺さなければならんのだ。

大助 と、言はれますと？

幸村 戰爭は必勝でなくてはならん！　その信念に變りはないのだが……謀略はいくらでもある、だが……これは完全過ぎて、日本全土の兵力をこの大阪の地に吸集して、俺は思ふ存分に戰へる、それは一騎打ちのときと同じことだ……然し、俺には最後の勝利といふやうなものが考へられなくなつたのだ。何か、そこには、分らないものが、迫つてゐる。俺は、それをどうとつて宜いのか、まだ戰つて宜いのか？　まだ、これからも、部下を殺して……勝つ自信のない闘爭は、無益の闘爭だ。俺には勝つ自信はある、しかも、あの星の配置……その勝敗を超えた彼方から呼びかけるもの、その矛盾！

大助 父上は、責任を大きくとり過ぎてゐられるのです、もつとも父上がとられなければ、誰が……父上の心勞に較べれば、先を急いで討死してゆける人達は幸福です。

幸村　うん、だが、さうばかりも言つてゐられない。一昨日から昨日にかけて七人の眞田幸村が戰死した。その一人一人が眞田幸村でなかつたら、この眞田幸村は、どうして責任をとつたら宜いのだね。俺が、死人の後を追つかけていつて俺の魂を死骸のなかに注ぎ込むわけにはゆかんからな。

大助　さうしたことを考へないで濟むだけでも、他の人達は、父上よりも幸せといふものです、第一この大助にしてからが……

幸村、俺は、正しいとか、正しくないとかいふやうな事にも、考へ及んでみた……俺は、久しぶりに、この櫓から天文を占つてゐたのだが、それは勝敗を占つてゐたのではない、俺には、何か分らないものが……今夜の空は、燦然として光り輝いてゐる、お前、あの星を、あの星の配置をどう思ふかね？（鎧下だけを着込んだ幸村の全身が黒く浮き上る）

大助　私の天文は、イロハより進みつこありません、それよりも、父上のお説を……

幸村　申すまでもなく、この星空は、吉兆だ。それに、西の方側が餘計に輝いてゐる、土に境ひするところまで、いや、土のなかの方が餘計に光つてゐる……だが、そんなことじやない、いまも聞えてゐる。

大助　何がですか？

幸村　風の音だ。

大助　えゝ、風の音なら……

幸村　風が、星と星との間を吹いてゐる。あれは短くて鋭い、槍のやうに激しい風だ、恐るべき風だ。風が、星の數と同じだけ一杯に滿ち滿ちてゐる、だが全體としては何處にも吹いてゐない、ただ微に絹糸を截ち切るやうな音がするだけだ……吹き流す風は恐るるに足らん、間が延びてゐて腰が弱い……この靜謐、靜けさといふものは、偶然を容れる餘地のないほどに張り切つたものだ。俺が勝敗を占はないと言つたのは、もはや天與を仰ぐ可き限りのものではないからなのだ。すべては充足してゐる。武をもつて非武（武にあらざるもの）を撃つ、これが俺の身上なのだ、その意味が分るかね？

大助　正直に申上げれば、判るやうな判らないやうな……然し……

この會話のうちに、階下の清海入道起ち上り、位置を變へ再び眠り續ける。

兄の清海　（眠つたまゝ）……眠い、だが、どうあつても頑張るぞ……今度こそ御主君をつかまへて手詰の談判だ……星を見てゐやうと、月を見てゐやうと、太陽を見てゐやうと、この俺を見ないといふ法はない……俺は、地獄にまで攻入つてゆく積りだからな……俺の戰爭は、終りつこない……場數を踏めば、踏むだけ……疊の上では……眠い、眠いのが……俺には、階段が、この階段が、こいつが登れないので、一つだとか、二つだとか、三つだとか、……馬鹿野郎！

大助　（幸村に）正直に申上げれば、われわれには勝算はあるが、遲過ぎる……既に冬の陣のときに、父上の采配がそのまま行はれてゐたとしたなら……

幸村　いや、いや、それは始めから、この大阪城に乘り込んだ時から、謀略のうちに、くるめて考へられてゐたことだ。それが、いまではどうだ、この幸村の手と足とならないものは、ない……俺は、家康に天下を讓り度くないためにだけ戰つてゐるのではない、むしろ天下の方から俺を取卷いて攻め寄せてきたのだ。そこにこの戰爭の意味合ひがある、武をもつて非武を擊つ、それが武の精神だ……俺の見るところ、西も東も敵ならざるはない、戰機は、草の葉、一滴の雨にも宿つてゐる、俺は、謀略としてたてざるものはないと言つて宜い位ゐだ。俺は、日夜張拔筒の數を殖やしていつた、そして待つた……一つの張拔筒で、百騎、千騎を吹き飛ばす……しかも、朗然たるものではないか?、旺なるものは制す可し!……俺は、この戰を失ふとは思はない、しかも落城は目前に迫つてゐる、なぜだ?……誤算?……裏切り?……
……いや、かつてあつて、いまはないもの、そのないものが一番大切なんだ、地下に埋められたもの、それを掘り起すために吾々は戰つてゐるんだ、吾々は死骸を乘り越える……男と男とが共にする節義……いつでも俺を導いて呉れたあの星が、いまとなつて、俺を裏切るとは思はない……みんな同じやうに輝いてゐる、すべての光が、等分された姿なのだ……美しい……糸を引いて、あんなに眼近かく降りてくる……物を言ひさうだ、こんなことは曾てないことだ……ああ將星の一つが、流れた……この接戰は、敵將の一人を倒す……

大助　兎に角、乘るか反るかの一戰を、いや、二戰でも三戰でも、最後までやりませう……もしその最後が……

幸村　俺は、氣休めの勝敗なぞを、あらかじめお前に語り度くはないのだ……だが、いつも防戰のことに追はれてゐて、何事もつひに語らなかつたので、いつかゆつくりと……お前にも、始終の樣子は判つてゐるであらうが……話したかつた。俺の、氣持をだ。これは、俺達の運命は、まつたく不思議だ……先祖代々獨立不羈、しかも、登りつめてこの斷崖に立つてゐる……この夢と現實との境目……お前、どう思ふ?

大助　まつたく不思議です、しかもこれ以上は望めない不思議です……私は、父上あつて、この名譽を擔つてゐます、いまさら、何を望みませう? だが、お話に聞けば……たとへ判りかねても、次第に判つてはくるのですが……嬉しいと思ひます。私には、若さの血氣があります、だから、このまゝ、誰にも恥かしくないだけの戰さをすれば、それで……しかし、最後の勝利を望むことになれば、この戰爭の責任を自ら擔ふといふことになれば、それは……そこまでは……むしろ……私には、考へられないのです。私達は……父上の……考へなくとも……やることをやつて置けば……

幸村　さうだ、やることをやつて置くことだ。だが、それは、誰にでも出來ることではない、しかも、誰でもが、それを立派にやり遂げてしまはうとしてゐる……俺は、それを信頼して、その上に乘つてゐれば宜い……この鐵則が、運命の締木をがつちりと締めつける、その瞬間を見とどけて、一切の裁きを神に委せるのだ、これは一人の、私することの出來るものじやない……うん、俺は、大膽不敵なものだ、確に……

大助　誰でもが、父上を、さう信じて居ります。

幸村　（微笑み）その代償は、骨身に應へる。

大助　だから、日本一の不敵者の下には、命知らずの者が……むしろ面白がつて戰爭してゐるのです、さうは考へられませんか？

幸村　そいつは、どうも、すこし手厳しいぞ。だが、面白いと言へば、男子の本懐は面白かるべきものであらう。自ら任ずるものは、何をやつてもおもしろかる可き性質の……？

大助　私は、面白いのです。

幸村　うん、お前の方が、俺よりも不敵者だ。俺は、面白いのを通り越して……（激しく病的な咳をする）た、た、魂を小分けして、少しづつ、死人の後を追はせてゐるのだ……

大助　（傍により添ひ）醫者を呼びませうか？　餘り無理をされるので……
階下では、少年が眼を覺まし、清海入道を起しにかゝつてゐる。

少年　（清海入道の肩に手をかけて）ねえ、誰かが來るよ、誰か呼んでゐるんだ……ねえ、起きないの？……ほら、誰かが呼んでゐる……

幸村 （大助に）俺のことは心配せんで宜い、（懷紙を口に當てて拭く）死ぬときに、ほんの少しばかり血が足りない位のもので、誰が見てもこの通り……俺の肉體にも、俺の精神にも、寸分の狂ひもありはしない……病氣なんかではありやうがない、むしろ欝血した惡血が……いまは、晴々として、かへつて樂しい。あの星空、順位を守つて盡きないもの、巡るもの……人に許された永遠の對立！

大助 父上のお身體は大事です、櫓を降りませう、やがて、間もなく、夜明も近いのです、暫くの間……（階下に向つて）おい！　誰かゐるか！

少年 （清海入道を搖り起す）ほら、ね、呼んでゐる……どうして眠つてしまつたの？　早くしないと間に合はないよ！　急ぎすぎて間に合はなければ……

兄の清海 （眼を覺ます）……なに？　呼んでゐる？　俺は眠つてゐたのかな？……俺は、また、お前が何處にでもついてくるので、一層のこと、櫓に行つて……さうだ、俺は是非とも……（起ち上る）

大助 おい、誰か居らぬか！　三好はどうした？

兄の清海 はい、こゝに居ります、大助殿ですね、（階段を登りかけ、少年に）お前はこゝで待つてゐろ、まだ、いまのところ、俺がお前を預つてゐるんだ……いゝか。

幸村の聲 誰も呼ばんでもよい。だが、そこにゐるのは三好か？　こゝに連れてこい！

兄の清海 さうら、俺の願ひがかなつたぞ！……俺は、是が非でも、討つて出る、俺を後陣に殘して置くといふ法はないんだ！

少年 （觀客席に向ひ直立）俺は、こゝで待つてゐる、俺は、俺の順番がくるまで。步哨、でも、ただの步哨とは違つてゐるんだ……俺は、父と別れて、人質になるために、こゝに殘つてゐるのではない、俺は役に立つために、俺は、俺達若い者の手本となるために、こゝに立つてゐる。

大助、幸村、兄の清海の三人、幸村を一番後方に置いて、星空を背景にして、相對する。

大助　（兄の清海に）よく眠つてゐたので、起すのは惡いと思つたけれど、父上も……

兄の清海　なに、眠つてゐた？　眼はつぶつてゐても、心眼は、ちやんと開いてゐます。御主君の御退場を待つて、今日は是が非でも願ひを聞き入れて貰はうと思つて、櫓の下で待つてゐたのです。

幸村　ときに、清海、お前に預けて置いた、あの少年は、どうしたかね？

兄の清海　あゝ、あの小僧ですか？　あれは、いまでも階段の下で待つて居ります。まるで、波の上に浮いた浮標みたいで、見失ふかと心配ですが、それほどでもありません、こつちで、氣にかゝる事があると、かならず元の場所から、見張つてゐるのです。

幸村　それでは、役に立つわけだね？

兄の清海　役に？　役に立つも立たないも、一體、あんな足手纒ひを、私に委せて置いて、どうなさらうと言ふのです？　私は討つて出なければならないのです、私は、みんなに死に後れては恥を搔きます、ことに、譜代の內でも……

幸村　そんなに、焦ることはないだらう。戰爭はこれからだ、これからが面白くなる、なにも第一線ばかりが戰場じやないだらう？

兄の清海　まるで、悠長な、私は、第一線以外に用のない人間です。それに、いつも家康は討ち洩して、これで、いつまで味方の士氣が保てるのです？　兵は駿足を尙ぶと申します……乘るか反るかの一戰は、今日あす以外には、ない筈です、それなのにこの私を除外されるとは、それも、こちらが有り餘つてゐる兵力なら、まだしも、敵は、頭數に物を言はせて、愈々總攻め……

幸村 なるほど、それでは、この幸村の方が手緩いやうに聞えるが、戰爭の幅は、これまでにも例のないほど大きいぞ。それを締めて、一握りにも出來るやうに、俺は苦心してゐるのだ。家康は逃がしても、いまは囮同然、擴げた網のなかに、みんな大物を追ひ込んで、一手繰りに手繰り寄せるのだ。

兄の清海 誰が、それを手繰り寄せて、引張りあげて、見事とどめを刺して見せるのです。

幸村、俺でも、お前でも、一兵卒でも……新しい武器と、新しい戰術と、地の理、人の和、その形丸くして破るべからざるものを、敵の横腹に差し付ける！

兄の清海 では、この清海には、歳をとり過ぎてゐると言はれるのですか？

幸村 いや、お互に、歳では戰爭をしない筈だ。お前は、歳を口實にして焦つてゐる、それは、大將を信用しないか、負け戰さと觀念したときのことだ……お前が、俺を信用するなら、俺の采配に異存を言ふわけは……

兄の清海 異存や不平を言つてゐるのではありません……でも、私の出場《でば》は、その出場《でば》さへはつきりすれば、喜んで……

幸村 すこし、待て。

兄の清海 何時まで？

幸村 まあ、よく聞け、お前でなければ出來ない大切な持場があるんだ。むろん、第一線、擊つて擊つて擊ちまくる仕事だ。歳はとつても、三好兄弟、總大將として、その軍の駈引をさせるにはお前よりほかにはないのだ。その出場が來るのを、樂しみにして待て。それも、間もないことだらう、戰ひの場所はこの城下ではなく、近江路を東にとつて五里餘り、佐多を經て牧方村の附近、蓁の繁み、運よくば、家康父子を討ち取ることが出來るのだ……どうだ、それなら異存はあるまい。

兄の清海　……そんな戰場が、この大阪の地を離れたそんな遠いところで？　あり得るとは考へられませぬ。それとも、いや、この城下の圍みはどうなるのです？　まさか、そこまで家康を追擊して、挾み擊つとは……私には、考へも及ばぬ作戰……何か、新しいところで戰局が、敵の陣中で、こちらに寢返るものでも……

幸村　關東軍が、凱旋して、東上するのを待ち伏せるのだ。

兄の清海　え！　それでは、大阪城は？　まさか落城？

幸村　落城？　それが戰局にどうだといふのだ？　だから、焦るに及ばぬと言つてゐるのだ、この戰爭の幅は、お前の一生より長いぞ、冬の陣には、淀殿や大野等の差出口で、一旦の和解に、城の外濠を埋めた、だがそれとて、戰局にどうだつたといふのだ？　この俺は、必勝の謀事をもつて臨んでゐる、俺の指揮するものは、完璧の陣だ、だが、もしも、もしもだ、この俺が、城を枕として討死したとするなら、それもやつぱり影武者だらう。その次は、お前が本當の幸村となつて、討つて出るのだ。後れても、先だつても……孤立無援の孤城ではないぞ！　道は必ず開ける！

兄の清海　はたして、危機は、そこまで、迫つてゐた。だが、私は、あなたのお供をして、馬前で討死もせずに、落ち延びて……なぜ、特に私を……

幸村　女々しいぞ清海！　お前の命を貰ひ受けるのに、不服か？

兄の清海　いえ、わかりました、必ず見事やつてのけませう。その一戰こそ、吾々兄弟の最後を飾るものです。さやう、責任は重いが、あらん限りの力が出せる……こいつは、愉快だ！

幸村　大助、いまお前が聞いた通りだ、策戰は、二人で練つて置いて呉れ、先づ鐵砲組の者で腕の達者な者四五名、足輕二三名、それだけを貸してやつてくれ、それから……火器や煙硝などは持ち出せるだけ持つてゆくのだ……

大助　とくに牧方村と指定されましたわけは、何か……？　場所は屈強と思ひますが、それだけの小人數では……？

兄の清海　ははあ、讀めた……二宮太左衞門が牧方村に歸つてゐるのですね。彼奴が悴と一緒に、むかしの誼を賴つて、この私のところに入城したいと言つて來たのを、斷はられたのはそれですね？　私は、また、彼を信用出來ないために悴だけを私に預けられたものと、思つてゐましたが……

幸村　いまさら、人をこの城に入城させたところで役に立つものではないからな、惜しい人物とは思つたが、そこで、他日の役に立てる方法を考へて置いたのだ。

大助　なるほど、それで判りました。城を落ちる者はあつても、入城する者はないのに、あの少年と言ひ……いや、父上の見透しには、何から何まで……一點の疑念もありません、あとは、火水になつて、刀の目釘の續く限り戰ふばかりです。それにしても、清海、こりや、家康め、天下取りは末代まで祟るぞ！

兄の清海　城は落し度くないが、さりとて、私のこの出場も失ひ度くない……まつたく、こりや、戰爭の幅が廣過ぎるわい！

幸村　うん、戰爭も、いつかは、武士どもの一手專賣ではなくなるわ……話がさうと極まれば、後はお前達に委せたぞ。

兄の清海　あの二宮なら、土地の者ではあるし、野武士でも一揆でも……人數は間に合ふ……それに……

大助　それでは、父上には、お引取りになつて、暫く……御休息なさつた方が……

幸村　俺のことは心配せんで宜い、戰場は見積つてしまつたし、あとは實行に移すだけ……それで、俺の身體も一寸と空くわけだからな、俺は、俺ですこし仕事がある……

大助　然し……

幸村　みんなの邪魔にならんやうに、手勢を引連れて、いまから出發だ。もう一度敵の旗本を試してみる、だが、あつさり引揚げるから心配は無用……ただ、戰場の何處か知らに、幸村が必ずゐると思つて呉れれば間違ひなしだ。

兄の清海　うーむ、歳は取り度くないな、それでは、私は城内を固める方に廻りませう、然し大助殿も、御出陣……

幸村　も一度會ふ、それまでに手筈をきめて置いて呉れ、……だが、使を牧方に立てるなら、あの少年が適任だ。

大助　それでは、萬事清海と二人で計らひませう、お心置きなく……今更何を氣づかひませう、お蔭で、私の心も、隅々まで光で打たれたやうな氣がします、この氣持を、いつまでも、今生の土産として……

幸村　土産は、まだ早い、それでは行かう。（動き出す）

兄の清海　（眞先に階段を駈け下りる）おい、二宮！　次太郎！　貴様にも、一つ仕事が出來たぞ、（少年の肩を叩く）確りやるんだ！

少年　いま、みんな聞いて居りました。なにも死場所を焦ることはない……でせう？

兄の清海　何！

少年　やつぱり、總大將は偉いですね、他の影武者達とは、少し……

兄の清海　達とは何だ？　無禮なことを言ふな！　まだ黄色い口をしてゐる癖に……だが、愈々、俺の願ひがかなつたんだ、お前を預つて置いたのは、かういふときの役に立てるために、お前は……

少年　それも、聞きました、私が、どの位ゐ役に立つかといふことがお分りになれば、足手纏ひだなどと言はれることはないのです。私は、土民どもを指揮します。私は、眞田樣が言はれましたやうに……

兄の清海　こら、先廻りせんでも宜い！　これからは、俺の指揮に從ふのだ、だが、お前も運がいゝぞ、入城早々……

少年　はい、それも、私が眞田樣を信じてゐたからです。私は……あつ、いま、こちらにお出でになります。（傍に避けて道をあける）

この會話のうちに、幸村と大助、階段の上に現れ、その段に歩を移す。

大助　……それは、みんなのためを思へば、秀頼公にも、御出馬を願つて……

幸村　……形式を整へて置けば、敵に內通するものの一味の料理も出來る、つまり、一擧兩得だからな。

大助　さうですね、それでは、さう計らひませう。

兩人、階段の中段まで來て、幸村、頭を擧げて、正面を見る。

幸村　言葉でもない、行爲でもない、最初の敵は、自分のなかにゐる、最後の敵は、人のなかにゐる、人と人との間のなかにゐる……燃えあがるもの、筒先……地上を淸めて世界を造り變へる……それまででは、人に許される妥協は存在しない。

（一歩歩を移す）

——幕

（續く）

編輯後記

一枚の豆債券で、まぐれあたりを狙つてゐる、さもしい人間がゐる。かれらは、いつまでも十圓札を、後生大事に財布にしまつてゐるやうな連中が、羨しくて堪らぬ。そこで、肩で風をきりながら、豆債券は、十圓札を、ブルヂョアだといつて攻撃する。底を割つてみれば、いささかも時局のことなど念頭にもないくせに、おれたちは、決死の覺悟で、豆債券を國家のために買つてゐるのに、お前たちは自分のことばかり考へてゐる、實に怪しからん、といつて慷慨するのだ。不思議なことに十圓札のはうでも、さういはれると、どこか寢ざめのわるい氣持がしてくるのだから、無邪氣なものだ。しかるに、我々は無一物である。綺麗さつぱりと無一物である。有金は殘らず獻金してしまつた。十圓札を惜しまず、まぐれ當りをも狙はぬ。しかし我々は決意をもつてゐる。ほんたうの決意をもつてゐる。世の現狀維持派と革新派とを眼中に[redacted]背水の陣を布く所以である。（Ｋ）

昭和十六年十一月二十日印刷納本
昭和十六年十二月一日發行

定價一部 三〇錢（送料三錢）（外地一割増）
六ヶ月 一圓八〇錢（送料共）
十二ヶ月 三圓六〇錢（送料共）

編輯兼發行人 東京市赤坂區溜池三〇 文化再出發の會 福池立夫
印刷人 東京市牛込區揚場町八 武宮敏一
印刷所 東京印刷所 電話牛込五一八一番
發行所 東京市赤坂區溜池三〇 文化再出發の會
電話赤坂 二二〇〇七番 二一〇〇七番
振替東京 一五七九九六番
編輯所 東京市世田谷區大藏町一八三五 中野秀人方 電話砧四一九番

◇寄稿・寄贈・通信は編輯所へ

配給元 東京市神田區淡路町二ノ九 日本出版配給株式會社
會員番號 一二八〇八五番